고전 결박을 풀다

고전 결박을 풀다

누구나 알지만 아무도 끝까지 읽지 않은 책

초판 1쇄 발행 2017년 5월 8일
초판 7쇄 발행 2017년 6월 20일

엮고쓴이 강신장
펴낸이 강신장
편집 임은실
디자인 임경섭
인쇄 영창인쇄

펴낸곳 모네상스
출판등록 제2016-000192호
주소 서울시 서초구 서초동 1445-13번지 312호
전화 02-523-5655
이메일 book@monaissance.com
홈페이지 www.monaissance.com

ⓒ 강신장
ISBN 979-11-960583-1-9
ISBN 979-11-960583-0-2 (세트)

이 책의 국립중앙도서관 출판시도서목록은 서지정보유통지원시스템 홈페이지(http:// seoji.nl.go.kr)와 국가자료공동목록시스템 (http://www.nl.go.kr/kolisnet)에서 이용하실 수 있습니다.
CIP 제어번호: CIP2017007556

누구나 알지만 아무도 끝까지 읽지 않은 책

고전 결박을 풀다

강신장 엮고씀

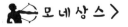모네상스 〉

고전은 두껍다는 결박을 풀었습니다.

고전은 어렵다는 결박을 풀었습니다.

고전은 불가능한 산이라는 당신의 두려움을

단칼에, 시원하게 풀었습니다.

고전(苦戰) 없는 고전(古典) 읽기가 시작됩니다.

고전(古典)의 고정관념을 단칼에 풀다

김욱동 (서강대학교 명예교수)

19세기 미국 작가 마크 트웨인은 고전을 두고 "제목은 누구나 잘 알고 있지만 막상 아무도 읽지 않은 책"이라고 정의를 내린 적이 있다. 해학 작가로서의 트웨인의 기지가 보석처럼 빛을 내뿜는 말이다. 그러나 그의 말에는 그저 웃어넘기지 못할 진실이 담겨 있다. 가령 레프톨스토이의 〈전쟁과 평화〉를 읽어보았느냐고 물어보면 고개를 내젓기 일쑤다. 그런가 하면 〈전쟁〉은 읽었는데 〈평화〉는 아직 읽지 못했다고 우스갯소리로 말하는 사람들마저 있다.

이렇듯 고전이란 히말라야 산처럼 이름은 익숙해도 쉽게 오르기 어려운 높고 험준한 산과 같다. 고전의 반열에 올라 있는 작품을 처음 한두 쪽 읽다가 덮어버린 독자들이 적지 않을 것이다. 그렇다면 독자들은 왜 고전 작품을 마지막까지 읽어내지 못하고 도중에 덮어버릴까? 거기에는 여러 이유가 있을 터이지만 무엇보다도 고전은 어렵다는 선입견에 사로잡혀 있기 때문이다.

알렉산드로스 대왕이 고르디우스의 매듭을 단칼에 풀었듯이, 고전을 읽는 사람은 먼저 고전이 난해하다는 고정관념의 매듭을 풀어내야 한다. 물론 고전은 세월의 풍화작용을 꿋꿋이 견뎌낸 작품인 만큼 접근하기가 녹록치 않은 것도 사실이다. 그러나 온갖 어려움을 견뎌내고 고전이라는 산의 정상에 오를 때 얻는 기쁨은 더할 나위 없이 무척 크다.

21세기에 모바일 기기를 통하여 모두의 르네상스를 돕겠다는 원대한 목표로 설립한 주식회사 '모네상스'에서는 독자들이 동서양의 고전을 쉽게 접근할 수 있도록 새로운 형태의 책을 선보이기로 하였다. 이 책에서는 고전의 줄거리와 메시지를 간결하게 요약한 텍스트를 강력한 그래픽 이미지와 결합함으로써 전통적인 도서의 한계를 극복하려 시도하였다. 말하자면 이 책은 '읽는 책'의 수준을 '보는 책'의 수준으로 한 단계 업그레이드시켰다. 또한 이 책의 독자들에게는 특별히 동영상 10편을 스마트폰이나 태블릿PC를 비롯한 디지털 기기를 통하여 볼 수 있게 제공함으로써 고전을 좀 더 쉽게 접근할 수 있도록 배려하였다.

21세기는 영상과 이미지의 시대다. 영상 매체가 활자 매체를 밀어내고 그 자리에 이미지의 제국을 세운 지도 벌써 여러 해가 지났다. 출판도 활자 매체에만 자신을 가두지 말고 독자와 새롭게 만날 다양한 방법을 고민해야 한다. 이러한 시대적 소명을 깊이 깨닫고 있는 모네상스와 강신장 대표에게 심심한 경의를 표한다.

산전수전 공중전 위에 고전?
고전(苦戰) 없이 고전(古典) 읽자!

30년 넘게 사회생활 하는 동안 나는 책을 많이 읽지 못했다. 자기개발
서와 경영·경제 도서들은 물론 도움이 되긴 했지만 인간과 인생을
공부하기에는 턱없이 부족했다. 다람쥐쳇바퀴처럼 반복되는 내 삶의
결박을 풀고 싶어질 때면, 단테의 〈신곡〉이나 니체의 〈차라투스트
라는 이렇게 말했다〉와 같은 고전을 잡아보았지만 몇 장 넘기지 못
하고 포기하곤 했다. 고전 역시 어려움의 결박, 두꺼움의 결박, 두려
움의 결박을 두르고 있었기 때문이다.
이렇게 책으로부터 멀어져 있던 나에게 행운이 하나씩 찾아왔다.

첫 번째 행운, 삼성경제연구소에서 CEO를 위한 온라인 지식서비스
'SERI CEO'를 만들다
2001년, 시간에 쫓기는 경영자들을 위해 지식과 정보를 5분 동영상
으로 압축하는 일을 시작했다. 경영·경제부터 인문학, 문화예술까
지 9년간 무려 1만 개의 영상을 제작했고, 5분 영상이라는 혁신성 때
문에 경영자들로부터 과분한 사랑을 받았다. 5분 영상은 아마도 내가
세계에서 가장 많이 제작한 프로듀서가 아닐지.

두 번째 행운, 영문학자이자 문학평론가인 김욱동 교수를 만나 '보는 고전'을 기획하다

문학에 대한 그리움이 컸던 나는 2012년 IGM 세계경영연구원장으로 일하던 중 위대한 문학작품의 정수를 뽑아내는 선생께 매료되어 고전문학을 5분 동영상으로 만들기로 결심했다. 또 리드앤리더 김민주 대표로부터 '그레이트 북스(Great Books)'개념을 듣게 되어 역사, 철학, 정치, 경제, 종교 등 비문학까지로 제작범위를 넓혔다. 영상과 모바일의 시대를 맞아 책에서 멀어진 현대인들에게 '읽는 고전' 대신 '보는 고전'의 다리를 놓게 된 것이다.

세 번째 행운, 카카오 김범수 의장으로부터 '고전5미닛' 제작을 지원받다

그래픽 방식의 동영상을 제작하려면 상당한 비용이 든다. 2014년 나는 샘플영상 몇 편을 제작해 카카오의 김범수 의장을 만났고, 평소 인문학과 인문정신의 중요성에 큰 관심을 가지고 있던 김 의장은 흔쾌히 협력을 약속하였다. 카카오의 안정적 지원 덕분에 500편의 고전을 5분 동영상으로 만든 '고전5미닛'을 제작할 수 있었다. 참으로 감사한 일이다.

가장 강력한 상상력의 보물창고, 고전

한 사람이 가진 상상력은 그가 가진 레퍼런스의 두께에 비례한다는 말이 있다. 좋은 레퍼런스를 많이 가지게 되면 누구나 빛나는 생각을 할 수 있기 때문일 것이다. 이런 점에서 고전은 인류가 축적한 가장 위대한 레퍼런스다. 세계인이 오랫동안 사랑한 최고의 책이기 때문이다. 추사 김정희 선생은 이것을 이렇게 말하였다. "가슴 속에 만 권의 책이 들어 있어야 그것이 흘러넘쳐 그림과 글씨가 된다."

30편의 고전을 영상과 원고를 통해 하룻밤에 만나다

TV와 컴퓨터, 각종 모바일 기기에 둘러싸인 현대인의 삶은 너무 분산되고 파편화되어, 이제 한 권의 책조차 끝까지 읽기가 쉽지 않다. 이 책에는 제작된 영상 500편 중 1차로 30편을 골라 영상과 원고를 정성껏 담았다. 고전의 결박을 풀기 위해 이 책이 선택한 방법은 '융합'이다. 영상과 원고가, 줄거리와 평론이 함께한다. 매우 잘 압축된 텍스트와 이미지를 융합함으로써 마치 한 권 한 권의 그림책을 보는 것처럼 만들었다. 누구라도 쉽게 고전을 이해할 수 있고 자신을 돌아볼 수 있으며 또한 삶의 영감을 받을 수 있기에, 부모가 자녀에게 혹은 경영자가 후배 직원들에게 권해주어도 좋을 것이라 생각한다.

'카카오페이지'에서 영상을 시청한 독자들의 반응에서 용기를 얻다

고전을 5분 분량으로 압축한다는 것은 결코 쉽지 않은 일이었다. 또 위대한 고전에 누를 끼치는 것은 아닐까 하는 걱정과 두려움도 있었다. 하지만 독자들의 반응은 나에게 커다란 용기를 주었다. '고전5미닛' 영상은 독자들에게 책을 다시 가까이하게 만드는 좋은 징검다리가 될 수 있다는 확신이 들었고, 비록 5분이어도 정성을 쏟으면 삶의 지혜와 감동을 충분히 전달할 수 있다는 것을 알게 되었다.

카카오페이지에 올라온 독자 글 몇 개를 보면 다음과 같다.

영상을 보니 원작을 읽고 싶다는 생각이 저절로 드네요.—시험꺼정

잘 봤어요. 오늘은 동네 도서관에 들러야겠어요.—룬다

세계명작 속에 숨어 있는 철학이나 시대상황까지 알려주네요.—무한부자

단 5분에, 책 한 권의 감동을 제대로 느낀 것 같네요.—윤갱

영상은 영화 같고, 작품 해석은 가슴에 팍 꽂히네요.—진00

5분이 아니라 5초구마요-,-—혼짱혼불

어릴 때 하나도 이해가 안 되던 것이 이제야 맘에 닿네요.—koof

나태해진 제 자신을 다잡게 해주는 값진 5분이었습니다.—미소천사

고전의 힘은 질문의 힘, 이제 '나를 만나는 5분'으로 '5분의 기적'을 꿈꾼다

좋은 질문이 있어야 좋은 답을 찾을 수 있다. 고전은 답 대신 우리에게 질문을 던진다. 5분의 독서 속에서 독자들이 자신을 만나는 질문을 찾을 수 있도록 노력하였다. 바쁘게 사느라 만나지 못했던, 이제는 세상에서 가장 만나기 힘든 사람이 되어버린 '나'를 만나러 떠나보자.

마지막으로, 머리 숙여 감사드려야 할 분들이 있다.

김욱동 선생을 비롯한 석영중·백승영·이주헌 등 탁월한 평론가 선생님들, 임은실·김선희 작가를 비롯한 20여 명의 구성작가들, 백창석 CL9 대표를 비롯한 10여 명의 모션그래픽 디자이너와 음악담당 제작진들, 투자와 협력을 해주신 카카오 김범수 의장과 임지훈 대표·유승운 대표·이진수 대표, (주)모네상스 창업을 무한신뢰로 아낌없이 지원해주신 SK 최창원 부회장, 그리고 뒤에서 묵묵히 응원해준 사랑하는 가족에게 감사를 전한다.

2017년 4월 **강신장**

추천사   6

시작하는 말   8

제1부 문학

1장 인생이라는 바다 헤쳐가기

1. 노인과 바다 20세기 미국문학사에서 가장 유명한 소설 **QR**   20

2. 그리스인 조르바 자유로운 영혼, 디오니소스적 인간의 전형 **QR**   30

3. 이반 일리치의 죽음 세계문학에서 손꼽히는 '메멘토 모리'   40

4. 여자의 일생 "〈레미제라블〉이후 최고의 프랑스 소설" —톨스토이   50

2장 내 안의 또 다른 나, 양면성의 인간학

5. 죄와 벌 19세기 러시아문학을 세계문학 반열에 올려놓은 소설 **QR**   62

6. 파우스트 대문호 괴테가 60년에 걸쳐 완성한 독일문학의 정전(正典)   72

7. 지킬 박사와 하이드 인간 내면의 양면성을 탁월하게 그려낸 고전명작   82

8. 어둠의 심연 인간의 어두운 본성과 문명에 대한 통찰이 담긴 문제작   92

3장 부조리한 세상에서 실존을 외치다

9. 이방인 "이 책이 나온 것은 건전지의 발명과 맞먹는 사건" —롤랑 바르트 **QR**   104

10. 시시포스의 신화 "나는 반항한다, 그러므로 존재한다."   114

11. 페스트 20세기 프랑스문학이 남긴 기념비적 작품   124

4장 사랑에 웃고 정념에 울다

12. 젊은 베르터의 슬픔 낭만과 순수의 시대를 연 질풍노도의 신호탄   136

13. 오만과 편견 영국인들이 셰익스피어 다음으로 가장 사랑하는 작가, 제인 오스틴의 대표작 146

14. 백야 짧지만 강렬한 사랑, 도스토옙스키의 작품 중 가장 서정적인 소설 **QR**   156

15. 새로운 인생 〈신곡〉 읽기의 시작! 청년 단테가 첫사랑 베아트리체를 노래하다   166

5장 그리스 비극, 인간에 대한 최초의 탐구

16. 오이디푸스 왕 "가장 완벽한 비극의 전범(典範)" —아리스토텔레스 **QR**   178

17. 안티고네 "안티고네는 지상에 존재한 가장 고결한 인물이다." —헤겔   188

18. 결박당한 프로메테우스 불의와 억압에 무릎 꿇지 않은, 저항정신의 상징   198

제2부 사상·교양

6장 '역사'에서 미래를 만나다

19. 역사 '역사의 아버지' 헤로도토스가 쓴 인류 최초의 역사서 **QR**   212

20. 사기(史記) 동양 역사서의 뿌리, 인간경영학의 보고(寶庫)   222

21. 로마제국 쇠망사 "제국은 전성기 때 멸망하기 시작한다."
―1400년 로마의 흥망에 관한 탁월한 보고서   232

7장 머스트 리드 '인문교양'

22. 월든 물질과 문명의 피로사회에 권하는 '야성의 강장제' **QR**   244

23. 인간 불평등 기원론 프랑스 대혁명의 사상적 기반이 된 책   254

24. 꿈의 해석 인류에게 '무의식'의 문을 열어준 20세기 최고의 문제작   262

8장 행복한 공동체 만들기, '정치·경제·사회'

25. 군주론 근대 정치학의 초석(礎石)이 된 책 272

26. 범죄와 형벌 전근대적 형벌체계와 맞서 싸운 18세기 이성의 상징 280

27. 목민심서 다산 정약용의 대표역작! 호찌민도 가슴에 품고 다닌 최고의 정치지침서 **QR** 290

9장 '철학', 멋진 인생을 가꾸는 힘

28. 정신현상학 세계 철학사상 가장 난해한 동시에 가장 위대한 책 302

29. 의지와 표상으로서의 세계 "나는 이 책에서 유배지와 안식처, 310
지옥과 천국을 보았다." —니체 **QR**

30. 도덕과 종교의 두 원천 이성의 한계를 극복하는 '사랑'과 '박애' 320

제1부 문학

1장 인생이라는 바다 헤쳐가기

노인과 바다 _ 어니스트 헤밍웨이

그리스인 조르바 _ 니코스 카잔차키스

이반 일리치의 죽음 _ 레프 톨스토이

여자의 일생 _ 기 드 모파상

"인간은 파멸당할 수는 있어도 패배하지 않는다."

〈노인과 바다〉 중에서

1
노인과 바다

The Old Man and the Sea, 1952

20세기 미국문학사에서 가장 유명한 소설

1장 인생이라는 바다 헤쳐가기

어니스트 헤밍웨이
Ernest Hemingway, 1899-1961, 미국

그는 멕시코 만류에서 평생 고기잡이를 해온 노인이었다.
여든 날하고도 나흘이 지나도록 한 마리의 고기도 낚지 못했다.

어니스트 헤밍웨이의 〈노인과 바다〉 첫 문장이다.

드넓은 카리브 해에서 84일 동안 한 마리 고기도 잡지 못해 초조하고 괴로운 늙은 어부 산티아고. 어느 날 홀로 바다에 나간 그의 낚싯바늘에 18척 크기 청새치가 걸려든다.

이 얼마 만의 일이던가! 산티아고의 눈이 번쩍 뜨인다.

하지만 그의 조각배로는 감당하기 힘든 거대한 청새치. 살기 위해 몸
부림치는 청새치와 사흘 밤낮을 씨름하며 죽을 고비를 몇 차례 넘긴
끝에 그는 뱃전에 청새치를 겨우 매달 수 있었다.

그러나 기쁨도 잠시, 노인은 집으로 돌아오던 중 피 냄새를 맡고 몰
려든 상어 떼의 공격을 받는다. 그것들과 맞서 싸우며 젖 먹던 힘까지

다해 소리치는 산티아고.

**"인간은 패배하도록 창조된 게 아니야.
파멸당할 수 있을지는 몰라도 패배할 수는 없어."**

사투(死鬪)를 벌인 끝에 새벽녘에야 항구에 도착하지만 청새치는 앙상한 가시만 드러내고, 이제 산티아고에게 남은 것은 아무것도 없다.

그는 지친 몸을 침대에 누이고 아무 일도 없었던 듯 깊은 잠에 빠져든다.

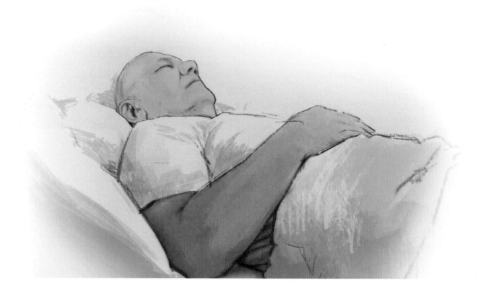

헤밍웨이에게 퓰리처상과 노벨문학상을 안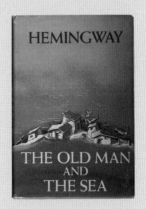
겨준 〈노인과 바다〉. 그의 마지막 작품이
기도 하다.
얼핏 보면 이 소설은 늙은 어부가 천신만고
끝에 거대한 청새치를 잡았지만 결국 물거
품이 되고 만다는 이야기이다. 그런데 이 단
순한 이야기가 사람들의 가슴을 울리는 이
유는 무엇일까? 헤밍웨이가 전하는 인간의
존엄성과 그 가치 때문이다.

"인간은 파멸당할 수 있을지는 몰라도 패배할 수는 없어."

여기서 주목할 것은 헤밍웨이가 '파멸(destroy)'과 '패배(defeat)'를
엄연히 구별했다는 점이다. '파멸'은 물질적 가치요, '패배'는 정신적
가치를 뜻한다. 산티아고는 물질적으로는 모든 것을 잃었을지언정
정신적으로는 조금도 위축되거나 좌절하지 않는다. 애써 잡은 청새
치를 상어 떼에게 모두 빼앗겨도, 자신의 힘으로 상대하기 힘든 무자
비한 힘에 맞서다 쓰러진다 해도, 최선을 다해 살았던 삶이기에 결코

헛되거나 무가치한 것이 아니라는 것
이다. 투쟁을 마치고 빈손으로 돌아
온 그날 밤, 그가 편안히 잠들 수 있었
던 까닭이기도 하다.

어니스트 헤밍웨이

때론 거칠고 때론 비정한 인생의 바
다에서 당신은 무엇에 가치를 두고
살아가는가? 결과를 얻기 위해 과정
의 즐거움을 버리고 목적을 위해서라
면 온갖 수단과 방법을 다 쓰고 있는 것은 아닌가?

헤밍웨이는 자신의 마지막 작품을 통해 인생을 노래한다. 드넓은 바
다, 단 한 번뿐인 그 인생의 무대에서 죽을힘을 다해 애쓴 일들이 모
두 물거품이 되었을지라도 누구도 원망하지 않고 누구 앞에서도 당
당한 인생.

노인은 오늘도 거친 바다를 향해 힘차게 노를 젓는다.
"누가 알겠어? 오늘 운이 다가올는지. 하루하루가 모두 새로운 날이
아닌가!"

작품 속 명문장

노인은 생각했다. 고기야, 네 녀석이 지금 나를 죽이려고 작정했구나! 하긴 너도 나를 죽일 권리는 있지. 그런데 이 친구야, 나는 이제껏 살면서 너보다 크고, 너보다 아름답고, 또 너보다 담대하고 더 고귀한 존재는 본 적이 없다. 어서 다가와 나를 죽이려무나. 우리 둘 중 누가 누구를 죽이든 그게 무슨 상관이냔 말이다.

"사람들은 꼭 이유를 따진다니까. 그냥 하면 안 됩니까?"

〈그리스인 조르바〉 중에서

2
그리스인 조르바

Zorba the Greek, 1946

QR

자유로운 영혼, 디오니소스적 인간의 전형

니코스 카잔차키스
Nikos Kazantzakis, 1883-1957, 그리스

'나'는 크레타 출신의 젊은 지식인이다.

친구들은 나에게 말한다. "머리에 먹물을 뒤집어쓰고 사는군!"

'행동하지 않는 인간'이라 손가락질하고 '창백한 지식인'이라며 조롱한다. 내 삶의 방식에 무슨 문제가 있는가? 나는 동의할 수 없다.

그러던 어느 날, 나는 조르바를 만난다. 조르바는 내가 지금껏 만난 적도 없고 만날 수도 없었던 바로 그런 사람이었다. 펄떡펄떡 뛰는 심장, 푸짐하고 풍성한 언어, 야성이 넘치는 영혼…….

그는 모태(母胎)인 대지에서 아직 탯줄이 떨어지지 않은 사내였다. 한 번도 정규교육을 받은 적 없다는 그의 본능과 경험은 언제나 나의 지성을 압도했다. 그는 내가 개발하는 탄광의 노동자였지만 나보다 늘 당당하고 자유로웠다.

"일할 때는 당신의 일꾼이지만
노래하고 춤출 때 내 주인은 나야."

예순을 훌쩍 넘긴 나이에도 마음껏 여자를 만나 사랑하고, 누구에게도 무엇에도 구속되지 않으며, 세상의 시선 따위는 저 멀리 치워버린 당당한 자유인 조르바.

거침없는, 어떤 단어로도 규정할 수 없는, 미친 듯이 자유를 구가하는…….

이 사람에게 나는 매료당했다. 지금까지 살아온 내 삶의 방식은 너무나 초라해졌다. 나와는 너무도 다른 그를 만나 하나씩 이해하면서, 나는 이제 새로운 세상 하나를 만난다.

철학자 니체의 말을 빌리자면 이성적이고 합리적이며 절제된 엘리트 '나'는 '아폴론적 인간'이고, 본능적이며 감정에 충실한 행동파 조르바는 '디오니소스적 인간'이다. 카잔차키스는 이토록 상반된 두 인물을 통해 무엇을 말하려 했을까?

니코스 카잔차키스

서구문명의 요람이요 유럽문화의 등불이던 그리스. 그는 이성과 지성을 탐닉하던 그리스인들을 향해 거침없이 일갈한다. 자유로운 삶이란 무엇인가? 이성과 지성이 진정 우리의 삶을 자유롭게 하는가? 지금 당신 앞에 두 가지 삶의 방식이 놓여 있다면, 당신은 어느 것을 선택하겠는가?

관념적이고 정신적인 것에 높은 가치를 부여하는 현대사회. 사람들은 실패가 두려워 시도조차 하지 못하고, 생각이 너무 많아 행동에 족쇄를 채우며 무겁게 짓눌려 굴레를 벗어나지 못한다. 그리하여 진정 자신을 사랑할 줄도 진정한 자유를 누릴 줄도 모르는 현대인들에게 카잔차키스는 조르바식 삶은 어떠냐고 묻고 싶은 것이다.

작중 화자인 '나'는 조르바를 처음 만났을 때 그동안 지켜온 자신의
삶이 혹여나 무너질까 두렵고 혼란스러웠지만 마침내 스스로에게 이
렇게 말할 수 있게 되었다. "이제껏 너는 삶의 그림자만 보고서도 만
족하고 있었지? 하지만 이제 너를 삶의 본질 앞으로 데려갈 거야."

한순간의 반짝임에 지나지 않는 이 짧은 우리의 인생.
그리스인 조르바가 묻는다.

당신은 어떤 삶을 선택하고 있는가?

작품 속 명문장

인생에는 급한 비탈도 있고 내리막길도 있지 않나요. 이럴 때 분별 있는 양반들은 대개 브레이크를 써요. 하지만 나는, 브레이크를 진즉에 던져버렸어요. 덜컹 부딪치는 것 따위 겁나지 않거든. 기계가 궤도를 벗어나는 걸 우리네 기술자들은 '덜컹!'이라고 한답니다. 나는 덜컹할까 봐 조심하는 짓거리는 안 해요. 밤이고 낮이고, 그저 나 하고 싶은 대로 살면서 전력질주 합니다. 부딪쳐 박살이 나도 어쩔 수 없죠. 여기서 더 잃을 게 있나요? 없어요. 좀 슬슬 가도 되지 않느냐고요? 되기야 되죠. 근데 이왕이면 짜릿하게 내달리자는 거지.

"이반 일리치의 삶은 지극히 평범하고 순탄했고,
그래서 끔찍했다."

〈이반 일리치의 죽음〉 중에서

3

이반 일리치의 죽음

The Death of Ivan Ilych, 1886

세계문학에서 손꼽히는 '메멘토 모리'

레프 니콜라예비치 톨스토이
Lev Nikolayevich Tolstoy, 1828-1910, 러시아

"항소법원 판사 이반 일리치 골로빈이 1882년 2월 4일 운명하였음을 삼가 알립니다. 발인은 금요일 오후 1시입니다."

마흔다섯 살의 중견 판사 이반 일리치. 출세가도를 달리던 그가 몇 달간의 투병 끝에 세상을 떠났다. 가족과 동료 모두 고인(故人)을 애도하지만 그들의 관심은 이미 다른 곳에 쏠려 있다.
'이제 그의 자리에 누가 앉을까?'
'연금은 과연 얼마나 받을 수 있을까?'

이반 일리치의 삶은 지극히 평범하고 순탄했고, 그래서 끔찍했다. 고위 관리의 아들로 태어난 그는 똑똑하고 친절하고 정중했으며, 세상 돌아가는 이치를 잘 알고 있었다. 그는 적당히 순수했고, 적당히 타산적이었으며, 적당히 도덕적이고, 적당히 방탕했다.

판사가 되어서는 적당히 인맥을 쌓았고, 적당히 돈을 모았고, 적당한 여자를 만나 결혼도 했다. 신혼이 지나고 부부간의 사랑은 식었지만 아들과 딸도 잘 자라고 있었고, 외관상 별 탈 없는 가정이었다. 그 사이 승진도 했으며 집도 점점 넓혀갔다. 그만하면 꽤 잘 살아온 인생이었다.

그러나 어느 날 원인을 알 수 없는 병에 걸리고, 시한부 선고를 받게
된다. 성공의 정점에서 서서히 죽어가는 이반 일리치. 그는 자신이 왜
죽어야 하는가를 되물으며 신과 운명을 저주한다.

그가 병상에 누워 겪은 고통은 두 가지였다.

하나는 누구도 진심으로 자신을 동정하지 않는다는 사실이었다. 그는 누군가 살살 어린애를 달래듯 자기를 어루만져주고 입을 맞춰주고 자기를 위해 눈물을 흘려주기를 원했다. 다른 하나는 자신에 관한 것이었다. 그가 그토록 혐오하는 사람들, 누군가를 진심으로 위로한 적 없는 저 사람들이 바로 지난 날 자신의 모습임을 깨닫게 된 것이다.

"왜? 왜 이렇게 된 거지? 이럴 수는 없어. 인생이라는 게 이렇게 무의미하고 추하다는 게 말이 돼?"

마침내 숨을 거두기 한 시간 전, 죽음의 공포에 사로잡혀 사흘 밤낮을 짐승처럼 울어대던 이반 일리치에게 아들 바샤가 다가왔다. 아들은 그의 손을 자기 입술에 갖다 대며 울음을 터뜨렸고, 그는 아들의 울음 속에서 그토록 갈망했던 위로를 발견한다.

그래, 바로 이거야! 아, 이렇게 기쁠 수가…….
바로 그 순간, 이반 일리치는 그토록 미워했던 가족들이 안쓰러워졌
고 혐오했던 모든 사람들이 불쌍해졌다. 더 이상 그들이 힘들어하지
않도록 해주고 싶어졌다. 비로소 그는 자신의 삶과 화해한 것이다. 이
제 더 이상 죽음의 공포는 찾을 수 없었다. 죽음 대신 빛이 가득했다.

"끝난 건 죽음이야. 죽음은 끝났어."

도스토옙스키, 투르게네프와 더불어 러시아 3대 문호로 불리는 톨스토이의 삶과 죽음에 대한 통찰이 담긴 중편 〈이반 일리치의 죽음〉. 톨스토이는 지극히 평범하고 순탄했던 이반 일리치의 삶을 왜 끔찍하다고 했을까? 항상 똑같았던 삶, 하루를 살면 하루 더 공허함이 자라는 삶. 세상 사람들은 그가 출세가도를 걷는다 생각했지만 실제로 그의 삶은 서서히 생명력을 잃고 있었던 것이다.

우리의 생명이 다하는 날, 죽음으로 향하는 여정을 보다 평화롭게 만들어주는 것은 무엇일까. 진심으로 누군가를 사랑하고 누군가에게 사랑 받았던 기억, 그리고 연민과 위로로 가득 찬 보드랍고 따뜻한 손길이 아닐까?
갑작스런 병으로 죽음을 맞게 된 한 남자의 이야기를 그린 〈이반 일리치의 죽음〉은, 우리가 살면서 중요하다 생각하고 매달렸던 것들이 '죽음'이라는 거대한 필연 앞에서 얼마나 하찮고 보잘 것 없는가를 일깨워주는, 세계문학에서 손꼽히는 '메멘토 모리(죽음을 기억하라)' 소설이다. 톨스토이는 이반 일리치의 죽음을 통해 오늘 우리의 삶을 돌아보게 하고, 이제 우리가 어떻게 살아야 할 것인가를 묻는다.

이반 일리치는 나락에 떨어져 빛을 보았다. 동시에 그는 자신이 살아온 삶이 그래서는 안 되는 삶이었지만 아직은 그걸 바로잡을 수 있다는 사실을 깨달았다.

돈도 권력도 성공도 우리를 채워줄 수 없고, 중요한 것은 오히려 대수롭게 생각하지 않았던 일상 속의 소소한 행복과 사랑이라는 것을 마지막 임종 자리에서 깨닫게 된 남자, 이반 일리치.

우리 모두도, 결코 늦지 않았다.

작품 속 명문장

"새로울 것 하나 없는 삶. 살면 살수록 생기가 빠져나가는 삶. 나는 내가 산 정상을 향해 오르고 있다고 생각했지. 그런데 실은 나도 모르게 조금씩 내려오고 있었던 거야. 그래, 맞아. 세상의 눈으로 보자면 산을 오르는 것처럼 보였지만 실제로는 딱 그만큼씩 진짜 삶이 내 발 아래로 멀어져가고 있었어……."

"인생이란 우리가 생각하는 것처럼
그렇게 행복한 것도,
그렇게 불행한 것도 아닌가 봐요."

〈여자의 일생〉 중에서

4
여자의 일생

A Life: The Humble Truth, 1883

"〈레미제라블〉 이후 최고의 프랑스 소설" —톨스토이

기 드 모파상
Guy de Maupassant, 1850-1893, 프랑스

꿈 많고 순진한 노르망디 귀족의 딸, 잔느.
5년간의 수도원 기숙학교 생활을 마치고 부모님의 아름다운 저택 레
퓌플(Les Peuples)로 돌아온 그녀는 자유와 달콤한 사랑을 동경하
고 있었다.

"바다가 내려다보이는 이 아름다운 집에서 나는 사랑하는 사람과 살게 될 거야!"

어느 날 그녀에게 수려한 외모의 귀족 청년 쥘리앙이 나타난다. 똑똑하고 예의바르며 다정한 남자였다. "제 아내가 되어 주시겠습니까?" 불현듯 다가온 사랑을 운명이라 믿은 잔느. 두 사람은 곧 결혼식을 올

리고 신혼을 시작한다. 하지만 그녀가 바랐던 장밋빛 결혼생활과 행
복은 무자비한 현실에 부딪히면서 산산조각이 난다.

"여자들이란 참 멍청하단 말이야!"
"당신 부모님은 제정신이 아니야!"

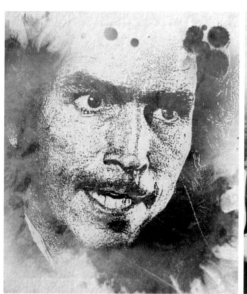

신혼여행 이후 본색을 드러낸 쥘리앙의 실체는 인색하고, 천박하며, 환멸스러운 남자였다. 게다가 그는 방탕한 난봉꾼이었다. 하녀 로잘리를 임신시켜 아이를 낳게 하고 이웃집 백작 부인과 간통까지 하여 잔느의 결혼생활을 고통과 비애의 나락으로 몰아넣는다.

어느 날 쥘리앙은 백작부인과의 간통이 발각돼 그 남편에게 살해당하고, 이제 잔느의 곁에는 외아들 폴만 남게 된다. 그러나 좀처럼 끝나지 않는 그녀의 불행.

"어머니! 저는 완전히 파산했습니다."

잔느의 마지막 희망인 아들 폴마저 창녀와 도박에 빠져 가산을 탕진하고 결국 그녀가 살던 저택까지 남의 손에 넘어간다.

몸도 마음도 지쳐 쓸쓸하게 남은 인생을 대면하는 잔느. 이제 그녀 곁에는 하녀 로잘리와 어린 손녀뿐이지만, 그래도 잔느는 자신의 삶을 담담하게 견뎌낸다.

낭만적 이상과 가혹한 현실의 간극을 그린 〈여자의 일생〉. 이 소설의
원제인 'Une Vie'는 우리말로 '어떤 인생'이다.
19세기 초 프랑스 사회와 세태를 마치 시대의상을 보는 것처럼 정확
하게 재현해낸 풍속(風俗)소설이면서, 인생의 덫과 비애, 자연적 '힘'
의 가혹한 영속을 예리하게 관찰한 자연주의 문학이다.

"〈여자의 일생〉은 〈레미제라블〉 이후 최고
의 프랑스 소설이다." —레프 톨스토이

모파상은 비극으로 점철된 잔느의 인생을 통
해 무엇을 말하려 한 걸까? 이 소설의 부제
는 '작은 진실'. 잔느의 삶 속에는 우리가 알
아야 할 작은 진실이 숨어 있다. 그것은 바로

레프 톨스토이(1828-1910)

혹독한 시련에도 꺼지지 않는 희망. 잔느는 남편의 사랑을 잃자 아들
에게 희망을 걸었고 아들에 대한 기대를 잃은 뒤에는 어린 손녀를 보
며 새로운 생명의 기운을 느낀다. 그리고, 그녀 곁에 남은 하녀 로잘
리는 이렇게 말한다.

"인생이란 우리가 생각하는 것처럼 그렇게 행복한 것도, 그렇게 불행한 것도 아닌가 봐요."

모파상은 로잘리의 마지막 대사를 통해 우리의 삶이 늘 아름다운 것은 아니지만 그래도 살만한 가치가 있다고 말하고 있다.
끝없는 고난의 바다에 던져진 우리의 삶. 시련의 파도에 떠밀려 방황하고 힘들어하는 당신에게 모파상이 말한다.

힘들어 마세요.
당신의 인생도 지나고 보면
그렇게 불행하기만 한 것은 아닐 거예요.

작품 속 명문장

눈앞의 허공을 응시하던 잔느에게 문득 따뜻하고 말랑한 것이 느껴졌다. 그녀의 무릎 위에서 잠든 어린 생명의 체온이 옷을 뚫고 다리에 전해지더니 살 깊숙이 스며들었다. 말할 수 없는 감동이 느껴졌다. 포대기를 헤치고 처음 보는 아기의 얼굴을 들여다보았다. 그녀의 손녀였다. 갑자기 들어온 햇살에 갓난아기가 입을 오물거리며 눈을 떴다. 파란 눈이었다. 잔느는 아기를 품에 꼭 끌어안고 입맞춤을 하기 시작했다.

2장 내 안의 또 다른 나, 양면성의 인간학

죄와 벌 _ 표도르 도스토옙스키

파우스트 _ 요한 볼프강 폰 괴테

지킬 박사와 하이드 _ 로버트 루이스 스티븐슨

어둠의 심연 _ 조지프 콘래드

"나는 그저 이 한 마리를 죽인 것뿐이야.
쓸모없고 더럽고 해롭기만 한 벌레를."

〈죄와 벌〉 중에서

5
죄와 벌

Crime and Punishment, 1866

QR

19세기 러시아문학을 세계문학 반열에 올려놓은 소설

표도르 미하일로비치 도스토옙스키
Fyodor Mikhailovich Dostoevsky, 1821-1881, 러시아

1860년대 후반 러시아 페테르부르크.

법학도 라스콜리니코프는 관처럼 비좁은 하숙집에 세 들어 살고 있는데 몇 달 동안 방세도 못 낼 정도로 궁핍에 시달려 휴학 중이다. 시

골에 있는 어머니와 누이동생 역시 돈 때문에 온갖 고초를 겪으며 산다. 그 동네에는 가난한 사람들의 고혈을 빨아먹는 악명 높은 전당포가 있는데 주인 할머니는 인색하고 잔인하며 사악하다.

라스콜리니코프는 그 바퀴벌레 같은 노파를 죽이고 노파의 돈으로 선량한 사람들을 구해낸다면 그 살인은 정당화되지 않을까 생각한다. 그리고 마침내 이 생각을 실천하기에 이른다.

숨겨 간 도끼로 노파의 머리를 내리치고 살인을 목격한 노파의 이복
여동생까지 죽이고 마는 라스콜리니코프. 그 살인은 얼핏 보면 정의
를 위한 것 같지만 사실은 탐욕이었다. 그는 단번에 인생을 바꾸고 싶
었고 모든 사람들의 우상이 되고 싶었다.

라스콜리니코프는 인간을 평범한 사람과 비범한 사람으로 나눴는데,
비범한 사람은 법과 도덕과 윤리를 초월해도 좋다고 생각했다. 그리
고 두뇌와 외모와 정의감까지 갖춘 자신이 살인을 저지르고도 양심
의 가책 없이 도덕률을 무시할 만한 배짱까지 지녔다면 초인으로 존
경받게 될 것이라 믿었다.

"어머니를 돕기 위해 죽인 게 아냐, 그건 헛소리지! 인류의 은인이
되기 위해서도 아냐! 나는 알고 싶었어. 그것이 나를 충동질했지. **내
가 다른 사람들처럼 벌레인가, 아니면 비범한 인물인가 하는 것을.**"

하지만 살인을 감행한 그 순간부터 그는 세상으로부터 '도려내어진 것과도 같은' 끔찍한 단절감에 사로잡힌다. 끝없는 고독감과 음울한 소외감이 그의 영혼을 파고들었다. 그는 이제껏 한 번도 이렇게 기이하고도 무서운 감각을 겪어본 적이 없었다. 라스콜리니코프는 마음 속의 독방에 감금된 것이다.

독방에 갇힌 채 불안과 공포에 사로잡힌 그는 자신이 비범한 인간이 아닌 평범한 인간이라는 사실에 스스로를 죽도록 증오한다. 그리고 그 증오는 타인에 대한 혐오로 번져갔다. 그는 삶에서 격리되었고, 사람들로부터 분리되었다. 그는 노파를 죽였고 동시에 자기 자신을 죽인 것이다.

라스콜리니코프는 불안을 견디다 못해 매춘부 소냐에게 자신의 죄를 실토한다.

"지금 당장 광장으로 나가요. 당신이 더럽힌 대지에 절을 하고 입을 맞추세요. 그 다음 세상을 향해 '내가 죽였습니다'라고 말하세요. 그러면 신은 또다시 당신에게 생명을 주실 거예요."

소냐는 자수를 권한 것이 아니다. 세상과 다시 연결되라는 것이었다. 타인과의 건강한 유대와 겸손과 헌신과 사랑을 통해서만 인간은 새로운 생명을 부여받기 때문이다.

그는 결국 시베리아 유배지에 가서야 새 생명을 얻는다. 소냐의 무조

건적인 사랑이 그의 마음에 사랑을 불어넣었고, 증오와 단절과 교만의 감옥에서 그를 해방시켰다. 마침내 그는 자유를 얻게 된 것이다.

그가 그녀를 끝없이 사랑하고 있다는 것을 그녀는 조금도 의심하지 않았다. 눈물이 그들의 눈앞을 가렸다. 그들을 부활시킨 것은 사랑이었고, 한 사람의 마음속에 다른 사람의 마음을 위한 무한한 원천이 고이 들어 있었다.

톨스토이와 함께 러시아문학의 양대 산맥으로 불리는 작가, 도스토옙스키의 〈죄와 벌〉.

인간 심리에 대한 놀라운 통찰을 가졌던 그는 〈죄와 벌〉을 통해 무엇을 말하고자 했을까? 그것은 바로 '자유'다. 삶을 힘이라고 생각하는 사람은 오로지 힘만을 추구하다가 결국 증오와 절망과 단절의 감옥에 갇히고 만다.

하지만 자유는 힘으로 쟁취하는 것이 아니다. 삶을 자유라고 생각하는 사람은 나와 내 주변의 삶을 인정하고 받아들이는 데서 오는 평화로움, 유대와 헌신에서 오는 넘치는 만족감, 그리고 조건 없는 사랑에서 오는 잔잔한 기쁨을 누린다.

도스토옙스키는 묻는다.

당신은 어떤 삶을 살고 있는가?
마음의 감옥에 갇힌 죄수인가,
아니면 사랑과 기쁨으로 충만한 자유인인가?

작품 속 명문장

"여기 멍청하고 몰상식하고 무가치하며 못돼먹은데다가 병까지 든 끔찍한 노파가 있다 치세. 아무짝에 쓸모없을 뿐만 아니라 모든 사람에게 해(害)만 주고, 자기가 무엇을 위해 살고 있는지도 모르고 그저 죽을 일밖에 안 남은 그런 노파 말이야. 그런데 다른 한쪽엔 도움 없이 방치된 어리고 싱싱한 목숨들이 사방에 지천으로 널려있다 치세. 수도원 땅 속에 파묻힐 노파 돈만 있다면 백 가지 천 가지 좋은 일을 하고 또 도울 수 있을 거야. 어쩌면 수백 수천 명을 제대로 된 길로 인도할 수도 있겠지. (…) 인류의 복지와 공동선을 위해 쓴다는 조건 아래 그 노파를 죽여 돈을 빼앗는다면 자네는 어찌 생각하나? 몇 천 가지 선행을 위한 건데 그까짓 사소한 죄 하나가 대수겠는가? 한 사람 희생으로 수천 명이 타락과 부패에서 구제된다네. 죽음 하나를 백 개의 목숨과 맞바꾸는 거지. 더구나 그 병들고 멍청하고 못된 노파의 목숨이 인류 전체를 놓고 볼 때 과연 얼마만한 가치를 차지할까. 기껏해야 이나 바퀴벌레, 아니 그만도 못한 해로운 존재네. 다른 이의 삶을 갉아먹고 있으니까……."

"물론 그런 노파가 살아 있을 가치는 없지.
하지만 친구, 자연이란 다 그런 거 아니겠나."

"인간은 노력하는 동안 방황하기 마련이다."

〈파우스트〉 중에서

6
파우스트

Faust, 1808·1832

대문호 괴테가 60년에 걸쳐 완성한 독일문학의 정전(正典)

요한 볼프강 폰 괴테
Johann Wolfgang von Goethe, 1749-1832, 독일

"지독하다, 지독해. 지상에 사는 인간들의 한심한 꼴을 보라지."

하느님의 창조물, 그중에서도 인간의 부족함을 비웃고 조롱하는 악마 메피스토펠레스. 항상 불평을 늘어놓는 그에게 하느님은 모범적인 예로 한 인간을 지목한다. 철학, 의학, 법률, 문학, 신학 등 세상의 모든 지식에 통달한 쉰 살의 파우스트 박사.

"그가 나의 신실한 종이니라."

하지만 악마의 눈에 비친 그의 모습은 최고의 지식과 향락을 동시에 갈구하는 욕망의 화신일 뿐. 악마는 만족을 모르는 파우스트가 결국 하느님을 배반하게 될 것이라 장담하며 내기를 제안한다.

"허락해주신다면, 그를 타락시켜보겠나이다."
"그가 지상에 사는 동안 무슨 유혹을 하든 말리지 않겠다. 인간은 노력하는 동안 방황하기 마련이니까."

때마침 자신이 평생 추구했던 지식이 인간존재의 비밀을 밝혀주지 못한다는 회의로 절망에 빠져 있던 파우스트. 그의 앞에 삽살개로 변한 악마 메피스토펠레스가 나타난다.

"고뇌를 거두시오. 당신에게 새로운 세상을 안내하겠소. 대신 모든 욕망이 충족되는 순간 당신 영혼을 가져가도 되겠소?"

영혼을 대가로 한 위험한 거래. 파우스트는 악마와의 계약을 수락한다. 그는 정말 하느님을 배반할 것인가?

악마가 선사한 첫 번째 세계는 쾌락.

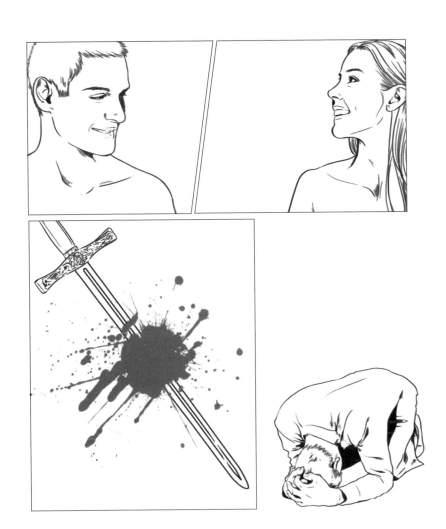

악마의 영약으로 이십대 청년이 된 파우스트는 온갖 향락에 취해 달
콤한 삶을 누리던 중 순진무구한 여성 그레트헨을 만나 진정한 사랑
에 빠진다. 그레트헨의 고귀한 사랑에 방탕한 생활을 정리해가는 파
우스트. 하지만 이를 못마땅하게 여긴 메피스토펠레스의 농간으로
그레트헨의 오빠는 파우스트의 칼에 찔려 죽게 되고, 실성한 그레트
헨은 갓난아기를 죽인 뒤 감옥 안에서 죽는다.

악마가 선사한 두 번째 세계는 권력.

죄의식에 괴로워하다 깊은 잠에서 깨어 원기를 회복한 파우스트는 중세 독일의 황제를 섬기는 몸이 된다. 그는 악마의 도움으로 파탄에 이른 황제를 구해냄으로써 신임을 얻고 부와 권력을 모두 거머쥐게 된다.

과거와 현재와 미래를 넘나들고, 전쟁에서 승리하며, 미의 여신 헬레나도 아내로 취해본 파우스트. 하지만 이 모든 것이 허상임을 깨달은 그는 악마의 도움 없이 스스로 가치 있는 일을 추진하려 한다. 황제에게서 받은 해안 영토를 개척해 많은 사람이 자유롭게 일하고 생활하는 이상적인 나라를 건설하는 데 뛰어든 것이다.

어느덧 눈 먼 늙은이가 된 파우스트. 하지만 마음의 눈은 오히려 밝아졌다. 파우스트는 자신이 만든 행복한 사회를 바라보며 그제야 자신의 욕망이 채워졌음을 깨닫고는 이렇게 외친다.

"잠시 멈추어라, 더할 나위 없이 아름답구나!"

파우스트의 욕망이 충족되자 마침내 종결된 악마와의 계약. 하지만 그는 악마에게 영혼을 빼앗기지 않고 천국으로 인도된다. 죽어 천상에 올라간 그레트헨의 숭고한 사랑이 파우스트를 구원한 것이다.

"영원히 여성적인 것이 우리를 구원한다."

괴테가 60년간 집필한 필생의 역작 〈파우스트〉. 독일 정신의 결정체요, 세계문학사의 금자탑이다.

선과 악, 정신과 육체, 관능의 세계와 아름다움의 세계, 그리고 정치적 실천의 영역에 이르기까지 인생의 모든 것을 두루 편력한 파우스트. 그러나 그에게 이런 방황과 편력은 삶의 의미를 깨닫고 인격적으로 성숙해가는 과정이었다. 그래서 파우스트의 선(善)은 악을 포괄한 선, 방황을 극복하고 세계의 확장을 이뤄낸 완전한 선이다.

햄릿적(Hamletic) 인간이 명상적이고 나약하고 창백한 지식인이고, 돈키호테적(Quixotic) 인간이 행동이 앞서는 저돌적 인간이라면, 파우스트적(Faustian) 인간은 인간 그 자체의 가능성을 최대한 포용하여 드높은 이상을 향해 끊임없이 노력하는 인간형을 말한다.

우리가 살아가는 동안 피할 수 없이 만나게 되는 인생의 갈림길에서 괴테가 묻는다.

누구에게나 찾아오는 유혹의 순간, 당신은 어떤 선택을 하겠는가?
당신은 '파우스트적' 인간인가?

작품 속 명문장

내가 얻은 궁극의 지혜는 바로 이것, 자유와 생명은 날마다 싸워 얻어
낸 자만이 그것을 누릴 자격도 있다는 것이다. 하여, 이곳 겹겹의 위
험 속에서도 우리는 번창하고 아이도 어른도 늙은이도 값진 삶을 살
아가리라. 저 붐비는 군중들을 바라보며 자유로운 땅에서 자유로운
사람들과 자유를 누리고 싶다. 그러면 그 순간을 붙잡고 이렇게 말할
수도 있으리. "잠시 멈추어라, 더할 나위 없이 아름답구나!" 이 세상
에 내가 머물렀던 흔적은 영겁이 흘러도 사라지지 않으리니, 지극한
행복을 미리 예감하며 나 지금 열락의 순간을 맛보노라.

"나는 인간이 하나가 아니라 둘이라는 사실을 깨달았다."

〈지킬 박사와 하이드〉 중에서

7

지킬 박사와 하이드

Strange case of Dr. Jekyll and Mr. Hyde, 1886

인간 내면의 양면성을 탁월하게 그려낸 고전명작

로버트 루이스 스티븐슨
Robert Louis Stevenson, 1850-1894, 영국

"오늘 아침, 아주 끔찍한 사건을 목격했다네. 한 남자가 길을 건너던 작은 소녀를 짓밟고는 울부짖는 소녀를 버려둔 채 가버리는 게 아닌가!"

"그런 악한 인간이 있단 말인가? 대체 그가 누군가?"

독실하고 덕이 있어 사람들의 추앙을 받는 헨리 지킬 박사.
인간의 본성을 끈질기게 연구해온 그는 마침내 내면의 악마적인 본
성을 발휘하게 되는 신비한 물질을 만들어낸다. 효과를 검증하기 위
해 자신이 직접 약물을 마시자 지킬 박사는 추악한 외모에 악한 성격
을 지닌 괴물로 변신하고, 그는 이런 자신의 모습에 묘한 희열을 느
낀다.

지킬 박사와 하이드 로버트 루이스 스티븐슨

"지금의 명성을 얻기 위해, 얼마나 나를 억누르고 살았던가!"
그렇게 탄생한 또 하나의 자아, 하이드.

그는 낮에는 점잖고 학식 있는 지킬 박사로, 밤에는 온갖 악행을 저지르는 하이드로 살며 억압된 스트레스를 분출한다. 폭력, 강간, 살인 등 점점 더 난폭해지는 행동과 그만큼 더 커져만 가는 쾌락……. 해독제를 복용하면 지킬 박사의 삶으로 되돌아오지만 점점 더 악해지는 만큼 필요한 해독제의 양도 계속 늘어만 간다.

그러던 어느 날 약물을 먹지 않았음에도 하이드로 변해 있는 지킬 박사. 내면의 하이드는 통제 불능 상태가 되고 해독제는 고갈된다.

경찰 살해범으로 쫓기는 하이드는 해독제를 다시 만들지만 이제는
아무런 효과가 없다.
지킬 박사는 마침내 모든 사실을 유서에 고백하고 스스로 목숨을 끊
는다.

인간 내면의 욕망과 윤리를 다룬 심리소설 〈지킬 박사와 하이드〉.
19세기 후반 출간 당시 4만 부가 순식간에 판매되었고 아서 코넌 도일, 마크 트웨인 등 당대 걸출한 이야기꾼들의 감탄을 자아냈으며, 훗날 프로이트가 〈문명 속의 불만〉에서 말한 자아와 본능의 분열, 문명과 야성의 불화를 수십 년 앞서 예견한 수작이다.
강렬한 묘사와 인간에 대한 깊은 은유가 담긴 이 소설은 문학을 넘어 연극, 영화, 뮤지컬 등 수많은 장르로 리메이크되며 현대까지도 강한 생명력을 자랑하고 있다.

로버트 루이스 스티븐슨은 이 작품을 통해 자신이 살았던 19세기 후반 영국 사회를 풍자했다. 당시 빅토리아왕조 시대는 산업혁명으로 인한 경제 발전의 성숙기이자  대영제국의 절정기였지만, 동시에 도덕적으로 타락하고 위선이 가득한 시대였다. 겉으로는 근엄하고 체면을 차리면서도 속으로는 탐욕과 욕정으로 가득 찬 사람들. '지킬 박사'와 '하이드 씨'의 두 모습은 근대인의 이중적인 모습이기도 했다.

"나는 인간이 하나가 아니라 둘이라는 사실 을 깨달았다. 인간은 궁극적으로 다면적이며 이율배반적인 별개의 인자들이 모여 이루어 진 구성체다."

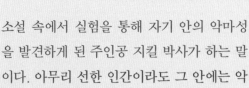

소설 속에서 실험을 통해 자기 안의 악마성 을 발견하게 된 주인공 지킬 박사가 하는 말 이다. 아무리 선한 인간이라도 그 안에는 악 한 면이 존재하고, 아무리 악한 인간이라도 그 안에는 선한 면이 존 재한다. 내면에 공존하는 선과 악의 이중성으로 인해 우리는 매 순간 선택의 길에 놓인다. 그리고 인간답게 사는 것이 무엇인지에 대해 끊 임없이 고민하게 된다.

그렇다면 우리는 어떤 선택을 해야 하는 것일까? 인간의 마음에 자리 한 양면성과 분열을 주의 깊게 관찰하고 천착한 작가 스티븐슨은 이 소설의 서문에서 이렇게 말한다.

"인간 내부에서는 때로 선과 악이 대립하고 투쟁하며 때로는 조화를 이루어 균형을 유지한다. 이러한 평형관계가 깨질 때 성격분열이 일 어나 이중인격자가 되고 마침내 파멸의 길을 걷게 된다."

오늘 또 다시 선택의 갈림길에 서 있는 그대여,
당신 안의 하이드 씨는 안녕하십니까?

작품 속 명문장

곧이어 격렬한 고통이 뒤를 이었다. 뼈를 갈아 부수는 것 같은 통증, 극심한 구토, 출생과 죽음의 순간보다도 더한 공포가 영혼에 밀려왔다. 그런 뒤 고통은 빠르게 잦아들었고, 나는 중병을 앓고 난 뒤처럼 다시 나를 추슬렀다. 그런데 뭔가 감각이 낯설었다. 형언할 수 없이 새로웠고, 바로 그 새로움 때문에 믿을 수 없이 달콤했다. 내 몸은 더 젊어지고, 가벼워지고, 행복해졌다. 몸 안에서 무모함이 의기양양하게 차올랐고, 환상 속에서는 감각적인 이미지들이 물방아를 돌리는 물처럼 제멋대로 흘러넘쳤다. 의무의 속박은 사라지고, 알 수는 없지만 순수하지 않은 영혼의 자유가 깃들었다. 새로운 생명을 얻어 첫 호흡을 하는 순간 나는 내가 더 사악해졌음을, 열 배는 더 사악해져서 내 안 깊은 곳의 악마에게 노예로 팔렸음을 알아차렸다. 순간 그 생각은 나를 와인처럼 기운 나고 기분 좋게 했다.

"우리는 악에 대항할 수 있는 저항력을 갖고 태어나지 않았다."

조지프 콘래드

8
어둠의 심연

Heart of Darkness, 1899

인간의 어두운 본성과 문명에 대한 통찰이 담긴 문제작

조지프 콘래드
Joseph Conrad, 1857-1924, 영국

그는 배를 몰고 강을 거슬러 아프리카 밀림 속으로 들어간다.
저 숲 어디엔가 있을 '커츠'라는 남자를 만나기 위해서다.
한때 가장 유능하고 촉망받는 무역 주재원이었으나
몇 년째 오지에 틀어박혀 세상과 단절한 사내, 커츠.
그 남자를 둘러싼 소문이 심상치 않다.
저 깊은 어둠 속에서 무슨 일이 벌어지고 있는 걸까…….

19세기 말 아프리카 콩고는 벨기에의 식민지였다.
주인공 말로는 콩고를 운항하는 벨기에 무역회사의 증기선 선장. 어느 날 그에게 임무가 떨어진다. "커츠라는 인물을 찾아내 유럽 본사로 송환하라."

아프리카 내륙 최대의 상아(象牙) 교역소 소장인 커츠. 탁월한 능력으로 본사의 기대를 한몸에 받던 그가 얼마 전부터 밀림으로 들어가 원주민과 살고 있다는 것이다. 아프다는 소문도 있었고, 미쳤다는 소문도 돌았다.

커츠에 대한 강렬한 호기심을 느끼며 탐험에 나선 말로. 척박한 기후
와 자연, 원주민의 기습공격과 싸워가며 결국 커츠를 찾아내는 데 성
공하지만, 말로가 대면한 광경은 경악 그 자체였다!

주술(呪術)과 공포, 무자비한 학살로 만들어낸 자기만의 왕국. 마을
말뚝에 주렁주렁 매달린 참수당한 사람들의 머리통⋯⋯.

상아 수집과 함께 문명에 소외된 원주민도 교화시키겠다는 신념으로

밀림에 간 커츠는 어느새 기괴한 독재자로 변해 있었다.
통제력을 잃어버려 몸도 정신도 피폐해진 커츠. 말로는 원주민 몰래

그를 빼내어 밀림을 빠져 나오지만, 커츠는 결국 돌아오는 배 위에서 씁쓸한 죽음을 맞는다.

죽기 전 그가 남긴 말은 단 두 마디.
"아, 끔찍해. 끔찍해!" *

* 원문은 "The horror! The horror!"

폴란드 태생의 영국 소설가 조지프 콘래드
의 대표작 〈어둠의 심연〉.
주인공 말로처럼 콘래드는 실제로 아프리
카를 운항하는 배의 선원이었다.

서구의 아프리카 정복은 19세기 후반에 본
격적으로 시작되었다. 유럽인들은 미지의
땅인 아프리카를 '암흑의 대륙'이라 불렀
다. 미개한 땅에 문명과 지식을 전파한다

조지프 콘래드

는 명분으로 몰려갔지만, 실제로 그곳에서 이루어진 것은 제국주의
의 수탈과 착취였다. 하루아침에 노예가 되어 목과 다리에 쇠고랑을
차고 끌려다니는 원주민들, 싸구려 물건을 가져와 금과 상아를 맞바
꿔가는 불공정 거래.

작가는 이 작품에서 19세기 서구 제국주의의 민낯을 생생히 고발한다.
어둠의 대륙에 등불이 되겠다던 백인들은 그곳에서 더 깊은 '어둠의 심
연'을 만든 것이다. 커츠의 행적은 또한 인간 내면에 있는 어둠을 상징
하기도 한다. 아무리 문명인임을 자처해도 극한상황에 처하거나 한순
간 삐끗하여 자제력을 상실하는 순간 인간은 야만과 광기의 존재로 돌
변할 수 있다. 커츠가 죽으면서 내뱉은 마지막 말 "끔찍해, 끔찍해!"는
자신을 통해 인간이 얼마나 공포스러운 존재인지를 자각한 절규였다.

인간의 본성과 문명에 대한 날카로운 통찰이
담긴 〈어둠의 심연〉.
프랜시스 포드 코폴라 감독은 이 소설에 영감
을 받아 영화 〈지옥의 묵시록〉(1979)을 만들
었다. 제국주의의 식민 수탈은 영화에서 미국
의 베트남 전쟁으로 바뀌었다.

"우리는 악에 대항할 수 있는 저항력을 갖고
태어나지 않았다. 원칙이나 도덕은 한번 세게 흔들면 벗겨질 '누더기'
나 바람에 날리는 '티끌' 정도에 지나지 않는다."

작가의 이 말처럼 인간은 한없이 위험한 존재다. 아무리 도덕과 원칙
으로 무장을 해도 한순간에 어둠의 심연으로 빠질 수 있다. 그래서 우
리는 항상 묻고 또 물어야 한다.

이 세계는,
우리 사회는,
그리고 나 자신은
지금 올바른 방향으로 가고 있는가?

작품 속 명문장
─────────────

"어떤 공포도 굶주림을 이길 수 없고 어떤 인내심도 굶주림을 이길 수 없으며, 굶주림 앞에서는 역하거나 혐오스러워 못 먹을 것도 없어. 맹신이니 신념이니 원칙이니 하는 것들도 모두 알고 보면 바람에 흩어지는 티끌처럼 가벼운 거지. 질기고 질긴 굶주림의 포악함과 그것이 가져오는 고통스러운 분노, 그것이 싹 틔우는 사악한 생각, 그로 인한 어둡고 절망적인 폭력성을 당신들도 알지 않는가? 나는 알고 있네, 굶주림과 싸우려면 젖 먹던 힘까지 기울여야 한다는 것을. 끝없는 굶주림과 싸우는 것보다 가족을 잃거나 명예를 잃거나 영혼의 파멸을 겪는 게 차라리 수월하네. 서글프지만 이건 사실이야."

─────────────

3장 부조리한 세상에서 실존을 외치다

이방인 _ 알베르 카뮈

시시포스의 신화 _ 알베르 카뮈

페스트 _ 알베르 카뮈

"이제 내게 남은 소원은 단 하나.
내가 사형집행을 받는 날에 되도록 많은 구경꾼들이 몰려와
증오어린 함성으로 나를 맞아주었으면 하는 것이다."

〈이방인〉의 마지막 문장

9
이방인

The Stranger, 1942

QR

"이 책이 나온 것은 건전지의 발명과 맞먹는 사건" ―롤랑 바르트

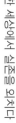

알베르 카뮈
Albert Camus, 1913-1960, 프랑스

오늘 엄마가 죽었다. 아니, 어쩌면 어제일까. 잘 모르겠다.

1942년 출간 당시 전 세계를 충격에 빠뜨린 알베르 카뮈의 소설 〈이
방인〉의 첫 문장이다.

어머니의 마지막 시신을 보려 하지도 않았고, 장례식장에서 눈물을 흘리기는커녕 감정의 동요도 없었으며, 장례식 다음날에도 평소처럼 바닷가에 수영을 하러 갔다가 여자 친구를 만나 영화를 보고 함께 밤을 보낸 남자.

어느 날 친구와 함께 바닷가로 놀러 간 그는 우발적으로 아랍 사람을 죽인 뒤 현장에서 체포된다.

재판정에서 사람들이 관심을 보인 것은 그의 살인 경위가 아니라 어머니의 장례식에서 보인 감정 없는 태도였고, 관습과 도덕을 벗어난 그의 행동은 그를 세상의 패륜아로 만들었다.

"잘못을 뉘우치는가?"
"햇빛이 너무 눈부셔서 그랬다. 솔직히 후회라기보다는 어떤 권태감
같은 것을 느낀다."

정당방위로 판명날 수도 있었던 사건은 마침내 사형선고로 이어지
고, 주인공은 결국 사형장의 이슬로 사라진다.

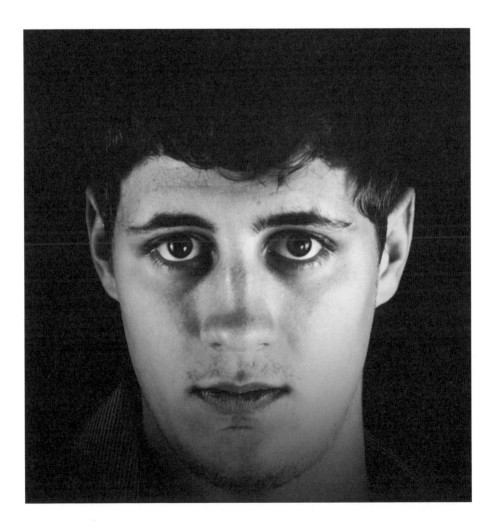

알베르 카뮈가 만들어 낸 극단적 캐릭터의 주인공 '뫼르소'.

어머니 장례식장에서 마땅히 흘려야 할 눈물을 보이지 않았기에 사람들 눈에 비친 그는 무덤덤하고 시큰둥한 냉혈한이었고, 이런 사람이라면 계회적인 살인도 능히 저지를 수 있다는 심증을 줌으로써 유죄를 선고받게 된 것이다.

작가는 뫼르소를 통해 무엇을 말하고 싶었던 걸까?

이 소설은 언뜻 보면 주인공의 비윤리적이고 비인간적인 행위에 초점을 맞춘 듯하지만, 세상이 정한 규범이나 관습, 타인의 평가나 시선을 의식하지 않고 자기만의 방식으로 살아가는 한 인간의 고독한 싸움을 그린 것이다.

세상의 통념으로 바라보면 그는 사회 부적응자이며 마땅히 제거해야 할 거북한 '가시' 같은 존재다. 이 사회가 정한 '게임의 룰'을 지키지 않았기 때문이다.

"우리 사회에서 자기 어머니 장례식에서 울지 않는 사람은 사형당할 위험을 무릅써야 한다."

알베르 카뮈의 이 말은 우리 사회가 사회적 관습과 규범에 따르지 않는 사람을 얼마나 경계하는가를 보여준다.

감정을 꾸미거나 과장하지 않고 굳이 남이 원하는 대답을 하지도 않았던 뫼르소는 이 사회가 받아들일 수 없는 '이방인'이었다. 하지만 남과 똑같기를 요구하고 그 게임에 동참할 것을 강요하는 이 사회가 주인공에게는 더 낯설고 부조리한 '이방인'이었을지도 모른다.

외롭다, 혼란스럽다, 영혼이 멍들고 있다…….

사회적 규범과 가치관에 짓눌려 힘들어도 아프다고 말하지 못하는 현대인.

이방인, 왼손잡이, 아웃사이더, 트러블메이커…….

이렇게 불리는 것이 두려워 아무렇지 않은 척 '나 아닌 나'로 살아가는 사람들. '남들도 다 그렇게 사니까.' '웬만하면 대세를 따르자고.'

다양성을 인정한다 하면서도 여전히 획일적인 가치가 더 지배하는 시대에 '나답게 사는 것'은 과연 무엇일까?
카뮈가 〈이방인〉을 통해 우리에게 던지는 단 하나의 질문.

당신은 누구입니까?
당신은 지금, 당신의 삶을 살고 있습니까?

작품 속 명문장

오늘 엄마가 죽었다. 아니, 어쩌면 어제일까. 잘 모르겠다. 양로원에서 전보가 왔다. '모친 사망, 내일 장례식. 삼가 애도함.' 이것만으로는 알 수가 없다. 아마 어제였던 것 같다. (…) 나는 사장에게 이틀간의 휴가를 신청했다. 사유가 사유인지라 안 된다 말할 수는 없었겠지만, 사장은 썩 내키는 표정은 아니었다. 그래서 나는 이 말까지 덧붙였다. "그건 제 탓은 아닙니다." 사장은 대답이 없었다. 괜히 그런 말을 했나, 하는 생각이 들었다. 사실 그것은 내가 사과할 일은 아니었다.

"나에게 삶의 부조리들은 도착점이 아니라 시작점이다."

알베르 카뮈

10
시시포스의 신화

The Myth of Sisyphus, 1942

"나는 반항한다, 그러므로 존재한다."

알베르 카뮈
Albert Camus, 1913-1960, 프랑스

나는 커다란 바위를 굴려 올린다, 계곡 밑에서 산꼭대기로.
온 힘을 다해 정상에 올려놓는 순간, 바위는 계곡 아래로 굴러 떨어
진다.
나는 다시 계곡 밑으로 내려와 처음부터 바위를 굴려 산꼭대기에 올
린다.

그리고 이 일은 영원히 반복된다.
영원히 계속해야 하는 노동, 이는 신이 내린 가장 끔찍한 형벌이다.
이 형벌이 견디기 힘든 이유는 가혹해서가 아니라 아무런 의미가 없
는 노동이기 때문이다.

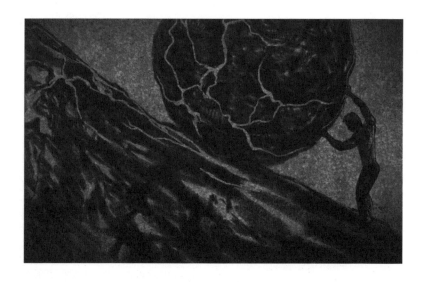

내게 다른 선택은 없다. 이미 죽은 몸이기에 죽음조차 허락되지 않는다.
영겁의 세월 속에서 이 노동을 반복할 뿐이다…….

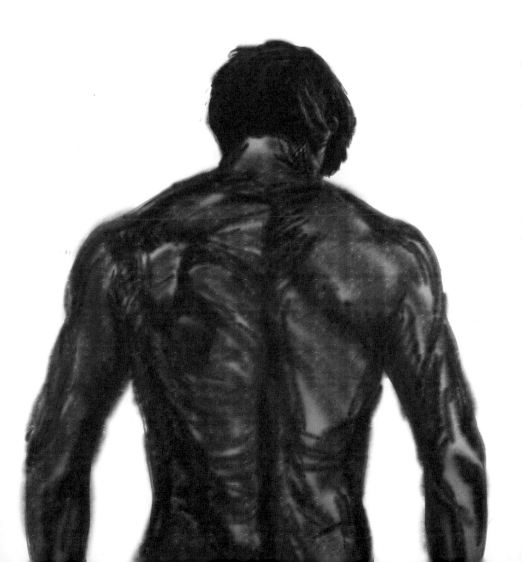

신들의 미움을 산 한 인간의 이야기 〈시시
포스의 신화〉.

20세기를 대표하는 실존주의 문학가 알베
르 카뮈의 철학 에세이로, 부조리한 실존을
주제로 했다. 제2차 세계대전 속에서 인간
실존을 고민했던 카뮈는 부조리 3부작*을
세상에 내놓았고, 이것으로 1957년 노벨문
학상을 받는다.

카뮈에게 그리스 신화에 등장하는 반항적
영웅 시시포스는 모든 인류를 상징하고, 그가 형벌로 부여받은 임무
는 부조리한 인간조건을 상징한다. 하지만 카뮈는 주인공 시시포스
를 절망적으로만 보지 않는다! 그 이유는 산 정상을 향해 바위를 밀어
올리는 모습 대신 또다시 바위를 밀어 올리기 위해 계곡 아래로 내려
오는 시시포스의 모습에 주목하기 때문이다.

이때 시시포스는 신들에게 경멸을 보낼 수 있고, 이 경멸이야말로 신
들에게 반항할 수 있는 가장 좋은 무기이다. 신들이 자신에게 내린 부
조리한 형벌을 스스로 받아들이는 시시포스. 그렇게 그는 절망을 뛰

• 부조리 3부작: 〈이방인〉(L'etranger, 1942), 〈시시포스의 신화〉(Le mythe de Sisyphe, 1942),
〈페스트〉(La Peste, 1947).

어 넘는다. 그 순간 그는 형벌을 받고 있는 가엾은 피해자가 아니라 능동적인 행위자이다.

시시포스의 말 없는 기쁨은 모두 여기에 있다. 그의 운명은 그의 것이다. 그의 바위는 그의 것이다.

인간의 실존을 부조리하다고 말하면서 상황을 그냥 닫아버리지 않고 오히려 "부조리한 실존에서 어떻게 살 것인가"를 향해 한발 더 나아간다.
카뮈는 삶의 부조리들은 도착점이 아니라 오히려 출발점이라고 말한다. 즉, 자신의 삶이 부조리하고 무의미하다는 사실을 알아차리는 순간이 바로 '위대한 의식의 순간'이다. 이 순간은 인간이 자신의 삶을 선택할 수 있다는 사실을 깨닫는 순간이며 그렇게 선택한 삶에 대한 책임을 깨닫는 순간이기에, 인간은 부조리를 직면하지 않고는 결코 행복을 느낄 수 없다고 말한다.

"행복과 부조리는 같은 대지에서 태어난 두 아들이다. 이 둘은 서로 떼어놓을 수 없다."

시시포스의 종착점 없는 노동은 매일 똑같은 일을 반복하는 현대인의 삶과도 닮아 있다. 그래서 카뮈는 21세기의 시시포스들에게 이렇게 말한다. 숙명에 짓눌리지 않고 그것을 직시하고 적극적으로 껴안는 순간, 인간은 운명보다 위대해진다고.

"나는 반항한다, 그러므로 존재한다." ─알베르 카뮈

작품 속 명문장

나는 이제 그만 시시포스를 산기슭에 남겨두려 한다. 우리는 그가 짊어져야 했던 짐의 무게를 우리 삶 속에서도 늘 발견한다. 그러나 시시포스는 신들에게 반항하며 바윗덩이를 들어 올리는, 한 차원 높은 성실성을 우리에게 가르친다. 그 또한 모든 게 잘되었다고 여긴다. 이제 주인이 따로 없는 이 우주는 황무지도 보잘 것 없는 땅도 아니다. 그에게는 이 돌덩어리 하나, 어두운 밤 산속 광물체가 내뿜는 빛 하나하나가 온전한 세계를 이룬다. 산 정상을 향한 무수한 투쟁, 이것만으로도 인간의 마음은 충만해진다. 우리는 시시포스가 행복하다고 상상해야 한다.

"사람들은 저마다의 페스트를 지니고 있다.
이 세상 그 누구도 자신의 페스트 앞에 무사하지 않다."

〈페스트〉 중에서

11
페스트

The Plague, 1947

20세기 프랑스문학이 남긴 기념비적인 작품

알베르 카뮈
Albert Camus, 1913-1960, 프랑스

1940년대, 알제리의 조용한 해안 도시 오랑.
평범하기 그지없는 4월의 어느 날 아침, 의사 베르나르 리외는 진찰
실을 나서다가 죽어 있는 쥐 한 마리를 발견한다.

바로 그날 저녁, 리외는 자신의 집 복도에서도 피를 토하고 쓰러진 쥐를 목격한다.

며칠이 지나자 사태는 심각해졌다. 집안에서, 지하실에서, 창고에서, 수챗구멍에서 쥐들은 비틀거리며 떼를 지어 기어 나와 사람들 곁에서 죽어버렸다.

고요했던 이 도시는 불과 며칠 사이에 발칵 뒤집혔다. 정부는 최악의 전염병인 페스트(흑사병)를 선포하고, 도시를 완전히 봉쇄한다.

나가는 것도, 들어오는 것도 모두 차단된 채 불안과 공포, 절망과 죽음이 엄습한 도시. 이곳은 거대한 감옥이었다.

사람들은 저마다의 방식으로 이 재앙을 받아들였다. 의사인 리외는 '보건대'를 조직해 페스트에 맞서기로 한다. "체념하고 페스트를 용인하는 것은 미친 사람이거나 눈 먼 사람, 아니면 비겁한 사람이다."

취재하기 위해 왔다가 발이 묶여버린 신문기자 랑베르는 애인이 있는 파리로 탈출을 모색하지만 결국 떠나지 않는다. 나와는 상관없는 일이라고 외면하던 그가 점차 이타적인 인물로 변화해간 것이다. "혼자만 행복하다는 것은 부끄러운 일이죠."

한편, 파늘루 신부(神父)는 "페스트는 사악한 인간들에 대한 신의 징벌"이라며 모든 것을 신의 뜻에 맡겨야 한다고 말한다.

그러나 리외는 고통스런 죽음을 바라보며 신의 존재에 회의감을 갖는다. "신부님, 이 아이는 아무 죄가 없습니다. 어린아이들마저 무력하게 죽어가도록 창조된 세상이라면 나는 그 세상을 목숨 바쳐 거부하겠습니다."

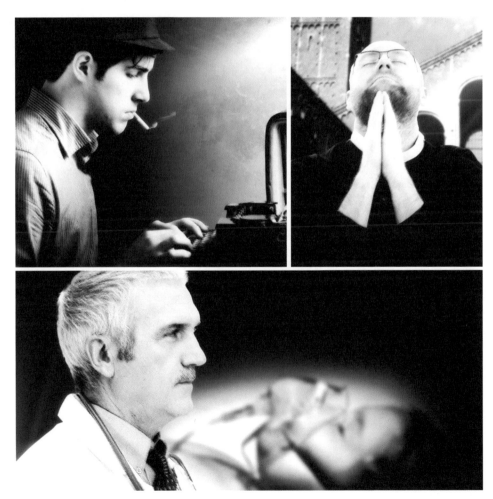

리외와 함께 자원봉사자들을 모아 보건대를 이끄는 동료 타루. 그는 이방인이지만 몸과 마음을 바쳐 페스트와 싸운다.

숨 막히는 혼란, 죽음의 공포, 고통스런 이별⋯⋯.
안타깝게도 타루와 리외의 아내, 그리고 파늘루 신부는 전염병으로 목숨을 잃고, 그렇게 지옥 같은 일 년이 지나서야 페스트는 도시에서 물러난다.
다시 생기를 찾고 축하의 불꽃이 솟아오르는 도시. 그러나 리외는 군중의 환희가 안전할 것이라는 생각은 하지 않는다. 왜냐하면 페스트는 언제 어디서든 우리 삶을 다시 위협할 수 있기 때문이다⋯⋯.

마흔네 살의 젊은 나이로 노벨문학상을 수상한 알베르 카뮈의 〈페스트〉.

〈이방인〉, 〈시시포스의 신화〉에 이어 '부조리 3부작'을 완성한 〈페스트〉는 출간 한 달 만에 무려 2만 부 이상 판매되었으며 "제2차 세계대전 이후 최대 걸작"이라는 평가를 받는다.

페스트는 비극적인 인간 조건, 한계 상황, 부조리한 삶을 상징한다. 그것은 동시대인들이 겪은 제2차 세계대전일 수도 있다.

그렇다면 카뮈는 인간의 삶 속에 숙명적으로 존재하는 이 부조리한 현실을 어떻게 헤쳐 나가야 한다고 말하는가?

〈페스트〉의 주인공 리외와 타루는 천형을 받은 시시포스가 포기하

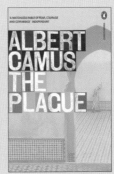

지 않는 삶을 산 것처럼 부조리한 삶에 묵묵히 맞서 싸운다. 부조리한 삶을 의미 있게 만드는 유일한 방법은 행복에 대한 의지를 버리지 않는 것, 운명을 거부하고 용기 있게 투쟁하는 것이다.

"사람들은 저마다의 페스트를 지니고 있다. 이 세상 그 누구도 자신의 페스트 앞에 무사하지 않다."
소설 속 등장인물인 타루가 한 말이다.

당신의 삶에서 페스트는 무엇인가?
당신은 그것에 어떻게 맞서고 있는가?

작품 속 명문장

그는 기쁨의 환호성을 외치는 사람들이 놓치고 있는 한 가지 진실을 알고 있다. 즉, 페스트균은 절대로 죽거나 없어지지 않았다. 이 균은 수십 년간 가구 혹은 옷들 속에서 잠복하고 있거나 또는 어느 방이나 지하실, 옷가방이나 손수건이나 헌 종이뭉치 속에서 끈질기게 버티며 때를 기다리다가, 언젠가는 인간들에게 불행과 함께 교훈을 안겨주려고 또다시 저 쥐들을 잠에서 깨워서 어느 평온한 도시로 내몰고는 그곳에서 죽게 하는 날이 올 것이다.

4장 사랑에 웃고 정념에 울다

젊은 베르터의 슬픔 _ 요한 볼프강 폰 괴테

오만과 편견 _ 제인 오스틴

백야 _ 표도르 도스토옙스키

새로운 인생 _ 단테 알리기에리

"누구든 이 작품이 오직 자신만을 위해
쓰인 거라고 생각되는 그런 시기가 있다.
만일 그런 시기가 자신의 생애에 단 한 번도 없다면
참으로 불행한 일이다."

괴테

12
젊은 베르터의 슬픔

The Sorrows of Young Werther, 1774

낭만과 순수의 시대를 연 질풍노도의 신호탄

요한 볼프강 폰 괴테
Johann Wolfgang von Goethe, 1749-1832, 독일

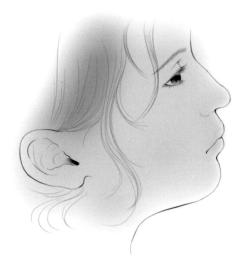

"그토록 총명하고, 그토록 순진하고, 그토록 꼿꼿하고, 그토록 마음씨가 곧고, 그토록 착한 그녀. 지금 나는 신(神)의 선물 같은 행복한 나날을 보내고 있네."

청년 베르터는 로테를 처음 만난 날 첫눈에 반해버렸다.

"그녀는 천사. 아니지, 이런 말은 누구나 하는 소리가 아닌가? 그녀를 말로는 도저히 표현할 길이 없다네."

로테와 가까워질수록 점점 뜨거워지던 사랑의 감정은 그녀의 약혼자가 돌아오면서 슬픔과 고뇌로 바뀐다. 로테 또한 베르터에게 호감을 느끼지만 약혼자가 있기에 더 다가서지 않는다.

"베르터, 우리가 죽은 뒤에는 다시 만날 수 있을까요?"

현실에서는 불가능한 사랑에 깊이 절망하는 베르터. 로테를 포기하느니 차라리 죽고 싶은 가련한 남자. 로테를 잊어보려 먼 곳으로 떠나보지만 사랑의 열병은 더 깊어만 간다. "한 번만, 단 한 번만이라도 그녀를 내 품에 안아볼 수 있다면 이 끔찍한 공허는 완전히 사라질 텐데……."

결국 견디지 못하고 다시 로테를 찾아간 베르터. 다른 남자의 아내가
되어 있는 그녀에게 키스를 퍼붓고, 로테는 혼란스러운 감정에 베르
터에게 절교선언을 한다.

자신의 사랑이 누구에게도 이해받지 못하며 그 때문에 세상과 끝내

불화할 것이라는 걸 절감한 베르터, 결국 비애 속에서 죽음을 선택한다.

"당신을 위해서 내 몸을 바치는 행복을 누려보고 싶었습니다. 당신이 다시 안정을 찾고 그 얼굴에 웃음이 돌아올 수 있다면 나는 아무 미련 없이 죽을 수 있습니다. **로테, 안녕.**"

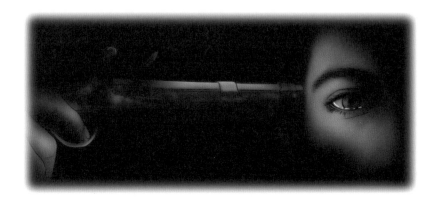

단테, 셰익스피어와 함께 세계 3대 시성(詩聖)으로 불리는 괴테의 첫 소설 〈젊은 베르터의 슬픔〉. 스물다섯 살 청년 괴테가 12주 동안 폭풍처럼 써내려간 작품.

약혼자가 있는 여인을 사랑한 자신의 경험과 유부녀에게 연정을 품다가 자살한 친구의 이야기를 모티브로 삼아 엮은 서간체 소설이다. 소설이 출간되자마자 전 유럽의 베스트셀러가 되었고, 베르터는 청춘의 열병을 상징하는 이름이 되었으며 18세기 젊은이들의 우상으로 떠올랐다. 젊은 남자들 사이에서는 베르터를 흉내 내어 푸른 연미복과 노란 조끼를 입는 것이 유행하였고, 베르터의 고독과 좌절이 전염병처럼 퍼져나가 실연당한 남자들이 권총 자살하는 것이 2천 건에 달했으며, 그래서 이 책은 한때 발매금지를 당했다. 유명인이 자살한 뒤 모방자살이  확산되는 현상을 '베르터 효과(Werther Effect)'라 부르는 것도 여기서 유래한다.

240년 전 유럽의 독자들은 왜 이토록 베르터에 열광했을까?

이성과 지성, 사회적 합리를 추구하던 계몽주의 시대에 '사랑'이라는 개인적 감정은 그리 중요한 것이 아니었다. 인간의 감성과 욕망을 논하는 것이 폄하되던 시대였기에 사랑을 위해 목숨을 버리는 것은 반시대적 행위이자 미친 짓이었다.

신분, 관습, 금기 등 그 어떤 제약도 계산하지 않고 목숨마저 버리는 베르터의 순수한 사랑. 〈젊은 베르터의 슬픔〉은 숨죽였던 젊은이들의 열정에 불을 붙였고, 시대로부터의 해방을 선언하게 했으며, 낭만과 순수의 시대를 연 질풍노도의 신호탄이 되었다.

"누구든 이 작품이 오직 자신만을 위해 쓰인 거라고 생각되는 그런 시기가 있다. 만일 그런 시기가 자신의 생애에 단 한 번도 없다면 참으로 불행한 일이다." ─괴테

가슴보다 머리가 앞서고 사랑보다 계산이 앞서, 순수성과 열정을 잃어버린 현대인에게 청년 괴테가 묻는다.

당신은 누군가를, 또 무언가를
뜨겁게 사랑하는 삶을 살고 있습니까?
그 사랑에 목숨을 걸고 있습니까?

작품 속 명문장

로테, 당신은 나의 사랑입니다. 당신이 다른 남자의 아내라는 것, 그게 무슨 의미가 있던가요? 그건 단지 이 세상에서만의 일일 뿐입니다. 이 세상에서 내 사랑은 죄가 될지도 모릅니다. 당신 남편에게서 당신을 앗아 내 품에 안는 것이요. 죄? 달게 받겠습니다. 아니, 내가 스스로 벌 내리겠습니다. 나는 천국 같은 열락을 주는 죄를 마시며, 생명의 기운과 향기까지 가슴 깊이 삼킵니다. 당신은 이제 나의 사람입니다. 로테여, 먼저 가 있을게요.

"편견은 내가 누군가를 사랑하지 못하게 하고
오만은 누군가가 나를 사랑할 수 없게 만든다."

〈오만과 편견〉 중에서

13
오만과 편견

Pride and Prejudice, 1813

영국인들이 셰익스피어 다음으로 가장 사랑하는 작가,

제인 오스틴의 대표작

제인 오스틴
Jane Austen, 1775-1817, 영국

"저 남자는 귀족 중에서도 최상류층이라지?"
"집안도 좋은데다 수입도 어마어마하대."
"잘 둘러봐, 가문 좋은 남자들이 많아."

"자네 옆에 있는 아가씨가 여기서 제일 예쁜 거 알고 있나?"
"난 외모보다는 교양 있는 여성이 더 매력적이야."

보는 듯 안 보는 듯 서로를 탐색하는 젊은 남녀들의 사교장. 이곳에서
두 남녀의 특별한 로맨스가 시작된다!

19세기 초, 영국 남부의 작은 시골마을.

이 마을에 사는 중류층 가정 베넷 부인의 최대 관심사는 혼기에 찬 딸들을 좋은 가문의 청년과 결혼시키는 것. 때마침 이웃 마을에 귀족 가문의 빙리가 이사를 오고, 그의 친구 다시가 방문한다.

"이건 하늘이 주신 기회야! 기필코 성사시켜야지."

부인의 바람대로 착하고 아름다운 첫째 딸 제인은 빙리와 서로 호감을 갖게 되지만, 총명하고 당찬 둘째 딸 엘리자베스와 다시의 만남은 어긋나고 마는데……

"다시, 자네도 아가씨들과 춤을 추지 그래?"
"잘 모르는 사람하고는 별로."
"그럼 엘리자베스는 어때?
"난 귀족이 아닌 여성에게는 관심 없네."

우연히 듣게 된 다시의 말에 자존심이 상한 엘리자베스.
'귀족이면 저렇게 무례해도 되는 거야?'
무뚝뚝하고 차가워보이는 첫인상 탓인지 그에 대해
들려오는 소문도 좋지가 않다.
'역시 내 눈은 정확해. 저런 사람이 평판이
좋을 리 없지.'

하지만 엘리자베스를 눈여겨보던 다시는 시간이 흐를수록 그녀의 총명함과 아름다움에 마음을 빼앗긴다. 초롱초롱한 눈과 호기심 가득한 표정, 사람들을 대하는 태도. 모든 것이 정말 사랑스러운 여자가 아닌가. 다시는 용기를 내어 청혼하지만 그녀는 거절한다.

"처음 만났을 때부터 당신은 아니었어요. 지나치게 오만하고 무례했으니까!"
"나에 대해서 잘 알고 있습니까? 당신은 편견을 가지고 나를 보고 있군요."

서로에 대한 오해로 반감을 갖게 된 두 사람. 하지만 시간이 흐르고 크고 작은 사건을 겪

으면서 서로의 진정한 모습을 알게 된다. 오만해 보였던 그가 사실은 배려 깊고 가벼운 행동을 싫어하는 진실한 남자였음을, 편견에 빠져 그의 진심을 거절했던 그녀가 사실은 분별력 있는 당당한 여자였음을.

그가 자신의 오만을 인정하고 그녀가 편견을 벗어던지기로 한 순간 두 사람의 사랑은 결실을 맺는다.

영국인들이 셰익스피어 다음으로 사랑하는 작가 제인 오스틴. 그녀의 대표작 〈오만과 편견〉의 원래 제목은 '첫인상'이었다.

신분차이로 첫사랑과의 결혼이 무산된 작가 자신의 경험이 녹아든 작품이다. 그래서였을까. 세기의 연애소설로 꼽히는 〈오만과 편견〉은 사랑의 낭만을 말하기보다는 결혼에 이르는 길에서 부딪히는 남녀의 심리적·사회적 상황에 집중한다.

신분과 재산, 외모와 학력 등 모든 조건을 갖춘 우월한 남자들의 오만. "모든 걸 다 갖췄으니 잘난 척을 한다고 해서 이상할 건 없잖아?"

그저 그런 집안의 여성들에게 유일한 신분상승의 기회이며 생계대책이었던 결혼. "난 가진 것도 없고 그리 예쁘지도 않아. 나에게 이 결혼은 기회야!"

딸에게는 재산상속을 할 수 없던 당시의 한사상속(限嗣相續)제도. "딸 결혼에 왜 그리 집착하느냐고 손가락질하겠지? 하지만 다른 방법이 없는 걸."

이러한 시대적 상황과 어울리지 않게 남녀가 서로 동등한 위치에서 사랑하고 미워하며 밀고 당기는 이야기는 독자들에게 현실에서 벗어나는 해방감을 주었을 것이다. 제인 오스틴은 치밀하고 섬세한 성격 묘사, 풍자적인 필체로 오만과 편견이 연인관계에서 어떻게 작용하는지 날카롭게 포착했다.

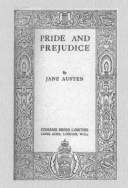

오만과 편견에 사로잡혀 서로의 진심을 보지 못했던 것이 어디 19세기를 살던 다시와 엘리자베스뿐일까? 제인 오스틴이 오늘 당신에게 전하고 싶은 메시지.

편견은 내가 누군가를 사랑하지 못하게 하고
오만은 누군가가 나를 사랑할 수 없게 만든다.

작품 속 명문장

사람들은 보통 재산 좀 있는 독신 남자라면 반드시 아내를 찾고 있을 것이라 생각한다. 이런 믿음은 너무 철석같아서, 실제로 그런 남자가 이웃으로 이사라도 오게 되면 동네사람들은 그 사람의 감정이나 사고방식 같은 것을 잘 모르더라도, 그를 자기네 딸들 가운데 하나에게 낙점될 재산쯤으로 여기게 된다.

"짧게나마 머물렀던 내 삶의 지극한 행복이여!
한 사람의 일생에 그런 순간이면 충분하지 않겠는가?"

〈백야〉 중에서

14
백야

White Nights, 1848

짧지만 강렬한 사랑, 도스토옙스키의 작품 중 가장 서정적인 소설

4장 사랑에 웃고 청남에 울다

표도르 미하일로비치 도스토옙스키
Fyodor Mikhailovich Dostoevsky, 1821-1881, 러시아

백야(白夜)의 도시 상트페테르부르크.

나는 친구도 애인도 따스한 온기를 나눌 가족도 없는 외로운 이방인
이다.

내가 가장 좋아하는 시간은 하루의 일과가 끝나는 저녁 어스름.

비록 일에 매인 가난한 청년이지만 이 시간만큼은 자유로운 영혼, 몽
상의 부자가 되어 꿈꾸듯 도시를 걷고 또 걷는다.

오늘도 운하를 따라 정처 없이 걷다가 한 여인이 다리 난간에 기대 우
는 것을 보았다.

왜 울고 있을까, 무슨 상처를 받았을까?

나는 가없은 그녀에게 손을 내밀고 싶었다…….

가난한 몽상가 청년과 아름다운 여인 나스첸카의 우연한 만남, 그리고 그들 사이에 벌어지는 나흘 밤의 이야기.

첫째 날 밤에 청년은 여인이 치한에게 괴롭힘을 당할 위기에서 구해주고, 이렇게 해서 가까워진 두 사람은 서로의 지난 이야기를 들려준다. 몽상으로 견뎌온 지난날이었으나 이제 당신을 만나 현실도 아름다울 수 있을 것 같다고 수줍게 고백하는 청년.

하지만 그에게 돌아온 대답은, "내게는 사랑하는 사람이 있어요. 내가 다리에서 울던 것도 그 남자 때문이죠."

'백야에 다시 돌아오겠다'며 일 년 전 모스크바로 떠난 연인을 기다리는 나스첸카. 그녀의 상심과 불안을 덜어주기 위해 최선을 다해 위로하고 애쓰는 청년. 약속한 날짜가 지나도 연인은 기별이 없

고, 결국 나스첸카는 그 남자를 잊기로 한다. 청년은 감추었던 속마음을 다시 열어 사랑을 고백하고, 그녀는 결국 청년의 마음을 받아들인다.

네 번째 밤, 새로운 사랑에 대한 희망과 기대로 다리를 건너던 두 사람. 조금 전까지 행복하게 웃던 나스첸카가 얼어붙은 듯 발걸음을 멈춘다. 맞은편에 그의 연인이 나타난 것이다.

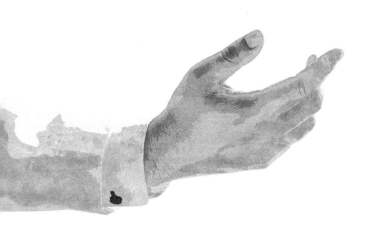

남자의 손을 뿌리치고 총알처럼 달려가는 그녀, 그리고 함께 사라지는 그들. 청년은 오래도록 서서 그들의 뒷모습을 바라본다. 이게 꿈인가, 현실인가!

다음날 아침, 청년은 나스첸카가 보내온 편지를 받는다.
'다음 주에 결혼합니다. 저를 용서해주세요.'
청년은 편지를 읽고 또 읽는다. 눈에서 눈물이 솟구치지만, 그는 저주 대신 축복을 보낸다.

"그대의 하늘이 언제나 청명하기를,
그대의 사랑스러운 미소가 언제나 밝고 행복하기를,
그대에게 언제나 축복이 함께하기를…….
그대는 외롭고 감사하는 가슴에 행복과 기쁨을 주었으니.
짧게나마 머물렀던 내 삶의 지극한 행복이여!
한 사람의 일생에 그런 순간이면
충분하지 않겠는가?"

도스토옙스키가 쓴 소설 중 가장 감성적인, 그래서 한 편의 수채화 같은 소설 〈백야〉.

청년과 나스첸카의 사랑은 여름날의 백야처럼 짧고 속절없다.
하지만 사랑은 시간에 비례하지 않는 것, 이루어진 사랑만이 가치 있는 것도 아니다.
청년은 혼자 남았지만, 앞으로의 삶은 지금까지의 삶과는 다를 것이다. 이제는 몽상이 아닌 사랑의 기억으로 삶의 고독과 소외를 이겨낼 것이기 때문이다.

당신에게도 백야처럼 사라져간 사랑이 있는가? 사랑에 상처 입고 아파했는가?
이해타산적인 사랑이 난무하는 세상에서 순수한 사랑의 아픔을 간직한 채 살아가는 당신에게 도스토옙스키가 말한다.

사랑의 승자는 '더 많이' 사랑한 사람입니다.
그래서 당신은 보석처럼 귀한 사랑의 주인입니다.

작품 속 명문장

그녀는 얼마나 소스라치게 놀랐던가! 그리고 내 팔에서 벗어나 그를 향해 어찌나 빠르게 내달려가던지. 나는 완전히 넋 나간 사람처럼 멍하니 서서 그들을 바라보았다. 하지만 그녀는 그 남자에게 손을 내밀기 직전, 그 남자의 품에 뛰어들기 직전에 내게로 몸을 돌리더니 번개처럼 다시 내 앞에 섰다. 그리고 내가 미처 정신을 차리기도 전에 두 팔로 내 목을 감싸 안고는 따뜻하고 부드럽게 입맞춤을 했다. 그리고는 한 마디 말도 없이 다시 그에게로 달려가 그의 손을 잡고 앞서 걸었다. 나는 그들을 바라보며 오랫동안 서 있었다. 마침내 그 둘은 내 눈에서 사라졌다.

"사랑을 알고 있는 이들이여,
내 그대들과 나의 여인에 대하여 이야기 나누고 싶소."

〈새로운 인생〉 중에서

15
새로운 인생

The New Life, 1295

〈신곡〉 읽기의 시작! 청년 단테가 첫사랑 베아트리체를 노래하다

단테 알리기에리
Dante Alighieri, 1265-1321, 이탈리아 피렌체

세계 문학사에서 가장 중요한 의미를 가진 여인은 누구일까? 그녀의 이름은 바로 베아트리체.

단테의 걸작 〈신곡〉에 등장하는 천국의 안내자이자 사랑과 희망, 진리를 상징하는 구원의 여인이다. 베아트리체 없는 〈신곡〉은 상상할 수도 없으니 그녀가 없었다면 인류의 르네상스는 더 늦어졌을지도 모른다.

실제로 베아트리체는 단테가 평생을 사랑한 여인이기도 하다. 단테는 베아트리체와의 첫 만남을 기억하며 이렇게 기록했다.

"여기 새로운 인생이 시작되도다(Incipit vita nova)."

이탈리아 피렌체에 살던 아홉 살 소년 단테는 5월의 어느 봄날 아버지 손에 이끌려 파티에 참석하고, 그곳에서 자신보다 한 살 어린 베아트리체를 처음 만난다. 그는 첫눈에 베아트리체에게 반하고 말았다. 다섯 살에 어머니를 여의고 늘 모성에 굶주려 있던 단테에게 그녀는 구원의 천사로 다가왔기에 그의 가슴 속 깊이 각인된 것이다.

그로부터 9년 뒤, 피렌체를 가로지르는 아르노 강가 다리에서 우연히 다시 마주치는 두 사람. 베아트리체가 단테를 향해 정숙한 태도로 상냥하게 인사를 건네자 단테는 그만 그 자리에 얼어붙고 만다.

그녀가 내게 말을 건넨 것은 그때가 처음이었기 때문에 나는 완전히 황홀경에 빠져서 마치 술 취한 사람처럼 자리를 떴다.

9년 만의 짧막한 해후를 이토록 허망하게 보낸 뒤 사랑의 열병을 앓는 단테. 그를 걱정하는 친구들이 그 이유를 캐묻자 단테는 다른 여성을 가리개 삼아 자신의 사랑을 위장한다. 그러자 그 염문이 온 도시에 퍼지고 이 소문을 들은 베아트리체는 단테를 외면하게 된다.

그녀는 나의 유일한 축복인 그 달콤한 인사마저 내게 보내지
않았다.

결국 단테는 그녀에게 진심을 전하지 못하고 그녀를 떠나보내야 했
다. 두 사람 모두 당시 관습에 따라 부모가 정해준 상대와 결혼해야
했기 때문이다. 시모에 디 발디라는 남자와 결혼하는 베아트리체를
먼발치에서 바라보는 단테. 단테도 아버지의 명령에 따라 당시 유력
자의 딸, 젬마 도나니크와 혼인하지만 베아트리체를 잊지 못한다.
하지만 그것도 잠시, 단테의 간절한 사랑은 한낱 모래성이 되어 흩어
지고 만다. 1290년 6월, 그의 첫사랑 베아트리체가 스물네 살의 꽃다
운 나이로 세상을 떠났기 때문이다.

그 후 10년 세월을 방황하며 괴로워하던 단테는 결국 절망과 고뇌를 초월하여 자신이 사랑하는 여성의 미덕만을 노래하기로 결심한다.

그녀는 덕으로 감싸여 있어 그 누구도 감히 헐뜯지 못하고, 함께 있는 다른 여성들조차 사랑과 믿음으로 덩달아 빛이 나도다.

〈새로운 인생〉은 단테가 베아트리체와 사
랑에 빠진 열여덟 살 무렵부터 써온 서정
시들을 모아 주석을 붙인 그의 처녀작이다.
사랑의 무한한 힘과 청춘이 겪는 고뇌를 아
름다운 언어 속에 담아낸 이 책은 단테 특
유의 청신체(淸新體)*가 돋보인다. 청년 시
절 단테는 '청신체'라는 문학운동을 주도했
는데, 인간 내면의 감정을 아름답고 섬세하게 표현한 이 문체는 르네
상스 시대를 여는 데 크게 기여하였다.

단테가 말년에 쓴 〈신곡〉이 인간의 죄와 구원이라는 종교적 주제를
다루었다면, 〈새로운 인생〉은 사랑이 불러일으키는 기쁨과 슬픔에
천착하여 인간의 감정을 신성하고 고귀한 경지로까지 끌어올린다.
단테에게 삶의 의미이자 예술적 영감의 원천이었던 베아트리체. 그
녀는 단테의 새로운 인생을 열었을 뿐만 아니라 르네상스라는 커다
란 문을 여는 데도 중요한 역할을 하였다.

• 청신체: Dolce stil novo, 영어로는 sweet new style로 번역된다.

누구보다 뜨겁게 살고 사랑했던 청년 단테가 말한다.

당신도 새로운 인생을 꿈꾸고 있나요?
그렇다면 마음속 깊은 곳에 잠든 아름다운 사랑의 마음을 깨워보세요.
그 사랑이 바로 당신의 베아트리체입니다.

작품 속 명문장

내 나이 아홉 살이 끝나갈 무렵, 이제 막 아홉 살에 접어든 듯한 그녀를 처음 만났다. 그녀는 고상하고 은은한 주홍빛 드레스를 입고 소녀다운 장식과 허리띠를 하고 있었다. 그 순간! 내 심장 깊숙한 곳에 살고 있던 생명의 정령이 어찌나 심하게 요동치는지, 가장 가는 핏줄까지 덩달아 떨려왔다. 그 정령은 이렇게 말하고 있었다. "여기 나보다 더 강한 (사랑의) 신이 있구나. 이제 그가 나를 지배하리라."

5장 그리스 비극, 인간에 대한 최초의 탐구

오이디푸스 왕 _ 소포클레스

안티고네 _ 소포클레스

결박당한 프로메테우스 _ 아이스킬로스

"신이 내게 무서운 재앙을 내리셨지만
가련한 나의 눈알을 찌르는 건
나의 손, 바로 이 손이로다!"

〈오이디푸스 왕〉 중에서

16
오이디푸스 왕

Oedipus the King, BC 425년경

QR

"가장 완벽한 비극의 전범(典範)" —아리스토텔레스

5장 그리스 비극, 인간에 대한 최초의 탐구

소포클레스
Sophocles, BC 496-BC 406, 고대 그리스

기원전 5세기, 아테네 북쪽의 도시국가 테바이에 왕자 오이디푸스가 태어났다. "너는 네 아버지를 죽이고, 네 어머니를 아내로 삼을 것이며 그 사이에서 자식을 낳게 될 것이다."라는 저주의 신탁과 함께.

신(神)이 인간에게 그의 뜻을 나타내거나 인간의 물음에 대답해주는 신탁(神託). 그것은 곧 운명이었다.

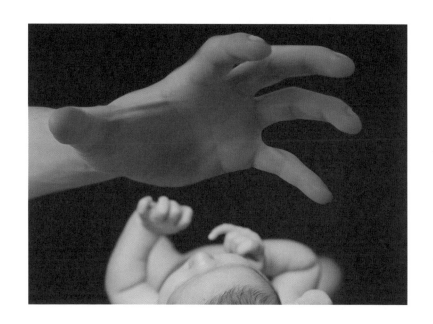

인간의 힘으로는 도저히 풀 수 없는 저주, 세상에서 가장 잔인한 운명에 묶인 아기.

아버지는 예언된 파멸을 막기 위해 아기를 죽이려 했지만 그 뜻을 이루지 못했고, 테바이에서 추방된 아기는 자신의 운명을 알지 못한 채 양부모 손에 길러진다.

그러나 저주의 신탁은 그를 집요하게 따라다니고, 청년이 된 오이디푸스는 어느 날 테바이로 가는 좁은 길목에서 사소한 말다툼 끝에 초로의 노인을 살해한다.

그 노인이 누구겠는가?

자신의 아버지를 죽이고 만 오이디푸스. 그는 마치 예정된 길을 가듯 테바이 왕국의 젊은 왕이 되고, 미망인인 왕비를 아내로 맞으며, 사랑하는 딸까지 낳기에 이른다.
아버지의 죽음, 어머니이자 아내인 왕비의 자살, 패륜으로 얻은 딸. 이 모든 저주가 이루어졌을 때 그는 비로소 자신의 가혹한 운명을 알게 된다.

인간은 운명의 손아귀를 벗어날 수 없는가? 운명은 그토록 절대적인가? 누군가 말했듯이 인간의 삶은 제어할 수 없는 초월적 힘에 의해 이미 결정되어 있는지도 모른다. 그러나 한낱 운명의 '노리개'로 사는 것을 거부하는 오이디푸스.

"신이 내게 무서운 재앙을 내리셨지만, 가련한 나의 눈알을 찌르는 건 나의 손, 바로 이 손이로다!"

자신의 두 눈을 찌르는 극형으로 장님이 된 오이디푸스. 스스로 왕위
를 내려놓은 그는 딸 안티고네와 방랑 길을 떠난다.

인생이란 한 판의 포커 게임과 같다. 에이스나 킹 같이 좋은 패만 골라 가질 수는 없다.

그래서 우리의 삶은 딜러가 주는 대로 받아야 하는 결정론(determinism)의 인생이기도 하고, 일단 패를 받았으면 그 패를 가지고 최선을 다해 게임을 끌어가야 하는 자유의지(free will)의 인생이기도 하다. 다만 이러한 삶의 태도 사이에서 각자의 답을 현명하게 찾아가는 것일 뿐.

안토니 브로도프스키,
〈오이디푸스와 안티고네〉(1828)

당신은 운명의 덫에 빠져 있는가? 아니면 자유의지로만 살고 있는가? 둘 다 아니라면, 당신의 삶은 그 사이 어디쯤에 서 있을 것이다.

가혹한 삶에 휘둘리는 운명의 노예가 되기보다 스스로 파멸을 택하며 비극의 주인(主人)이 된 오이디푸스.

2500년 전 운명과 의지의 틈바구니에서 고뇌하고 투쟁한 한 인간의
삶은 오늘날 우리에게 어떤 메시지를 주는가?

인간은 운명 앞에 한없이 나약하지만
동시에 의지로써 장엄한 존재가 될 수 있다.

작품 속 명문장

"아아, 이제 모든 것이 분명해졌구나. 모두 사실이었어. 오오, 빛이여, 이제 다시 너를 보는 일이 없기를! 죄 많게 태어나 죄 많은 혼인을 하고 죄 많은 피를 흘린 몸이란 게 드러났으니!" —오이디푸스

"아아, 사람의 아들들이여! 그대들은 하루살이 목숨, 지금의 저 행복도 껍데기뿐이고 순식간에 기울어 스러지도다. 오, 불쌍한 오이디푸스여, 그대의 운명을 거울로 삼아 이제 어떤 인간도 행복하다 여기지 않으리." —코러스

"모든 여인 중에 가장 죄 없는 그녀가
가장 명예로운 행위 때문에 가장 비참하게 죽게 되다니!"

〈안티고네〉 중에서

17
안티고네

Antigone, BC 441년경

"안티고네는 지상에 존재한 가장 고결한 인물이다." —헤겔

소포클레스
Sophocles, BC 496 - BC 406, 고대 그리스

아버지를 죽이고 어머니 이오카스테와 결혼한 것을 자책해 스스로
눈을 찌르고 떠돌다 객사한 테바이의 왕, 오이디푸스.
눈 먼 오이디푸스의 길잡이를 하던 딸 안티고네는 아버지가 죽은 뒤
고향 테바이로 돌아오지만, 두 오빠 폴리네이케스와 에테오클레스는
왕권 다툼에 여념이 없다.

장남이지만 동생에게 쫓겨난 폴리네이케스는 외부세력을 끌어들여 테바이를 공격한다. 그 과정에서 두 형제가 서로의 목숨을 빼앗으며 죽자 왕위에 오른 외삼촌 크레온은 이들의 장례에 관해 포고령을 내린다. 그 내용은 다음과 같았다.

'에테오클레스는 애국자로서 최고 예우를 갖춰 장례식을 거행하되 외부세력을 끌어들인 폴리네이케스는 반역자로 간주해 장례식은커녕 매장도 허용하지 않는다.'

들판에 버려진 오빠의 시신이 짐승의 먹이가 되도록 내버려둘 수 없었던 안티고네는 왕의 명령을 어기고 남몰래 시신을 수습해 장례를 치른다. 크레온은 이를 알고 안티고네를 잡아들인다.

"네가 감히 법을 어겼느냐?"
"내게 그런 법을 내린 것은 제우스가 아니니까요. 땅의 모든 신을 다스리는 정의의 여신께서도 그런 잔인한 명령을 내리신 적이 없습니다."

안티고네는 크레온의 아들 하이몬과 결혼할 여자이기도 했다. 하지만 그녀가 법을 어기고도 당당하자 분노한 왕은 사형을 선고한다. 돌무덤에 갇힌 안티고네는 스스로 죽음을 택하고, 약혼녀의 죽음을 슬퍼하던 하이몬도 자신의 옆구리를 찔러 자살한다.

또한 아들이 죽었다는 소식을 들은 크레온의 아내 에우리디케도 남편을 원망하며 아들의 뒤를 따라 죽는다.

뜻하지 않은 재앙으로 비극의 벼랑에 몰린 크레온. 홀로 남은 왕이 후회로 울부짖으며 비극은 막을 내린다.

고대 그리스 비극의 전성기를 연 소포클레스. 그의 대표작 〈오이디 푸스 왕〉과 〈안티고네〉, 〈콜로노스의 오이디푸스〉는 테바이 왕가의 비극적 운명을 다루었기에 '테바이 3부작'으로 불린다. 그중 〈안티고 네〉는 '자연법' 사상을 처음 주장한 작품으로도 유명하다.

왕의 명령은 현실의 법인 실정법이다. 그러나 인간의 마음속에는 왕 의 법을 넘어서는 법이 있다. 명문화된 법 이전에 만들어진 법, 인간 이라면 누구나 태어날 때부터 지니게 되는 법 중의 법, 즉 양심과 천 륜이라는 자연법이다.

안티고네는 서로 상충하는 두 가지 법, 즉 양심이라는 '자연법'과 왕의 명령이라는 '실정법' 사이에서 양심을 택하여 시련을 겪게 되는 비극의 여주인공이다.

개인의 양심을 상징하는 안티고네와 국가를 상징하는 크레온의 대립. 철학자 헤겔은 〈안티고네〉가 윤리적 갈등을 통해 사회 역사의 변화에 따른 집단의 갈등을 제시한 최고의 작품이라 평가했다.

실정법을 따를 것인가, 아니면 자연법을 지킬 것인가 하는 문제는 여러 가지 의무 사이에 있는 복잡한 현대인의 삶에서도 중요한 화두다.

당신은 악법도 법이라고 생각하는가?
'법'과 '양심'이 가리키는 방향이 다를 때,
당신은 어느 편에 서겠는가?

작품 속 명문장

"내게 그런 법을 내린 것은 제우스가 아닙니다. 땅의 모든 신을 다스리는 정의의 여신께서도 인간들에게 그와 같은 법을 내리신 적이 없습니다. 나 또한 폐하의 포고령이 그토록 강력하다고 생각지 않았어요. 비록 기록되어 있지 않지만 굳건한 신들의 법을 언젠가는 죽게 될 인간이 넘어설 수는 없지요. 신이 주신 법은 어제오늘만 있는 게 아니라 영원히 살아 있고, 언제 생겼는지도 우리 모두 알 수 없으니까요. 나는 한 인간의 명령이 두렵다고 신법을 내던져 신들에게 벌 받지는 않으렵니다."

"나를 보시오.
인간을 너무나 사랑해 신의 미움을 받고
사슬에 묶여 고통 받는 이 불행한 자를."

〈결박당한 프로메테우스〉 중에서

18
결박당한 프로메테우스

Prometheus Bound, BC 460

불의와 억압에 무릎 꿇지 않은, 저항정신의 상징

아이스킬로스
Aeschylus, BC 525? - BC 456?, 고대 그리스

'먼저 생각하는 자' 혹은 '예지의 신(神)'으로 불리는 프로메테우스. 그는 제우스가 아버지인 크로노스를 내쫓고 신들의 제왕으로 군림하는 거사에 일조한다. 제우스가 올림포스의 권력을 차지하게 될 것을 미리 알았기 때문이다.

하지만 제우스가 인간들을 모두 없애려는 계획을 세우자 이에 반기를 든다. 그리고 인간을 동정한 나머지 제우스가 엄격히 금지한 불을 헤파이스토스*의 대장간에서 훔쳐내어 인간에게 전해준다.

"나는 사람들에게 희망을 줌으로써 그들의 눈을 죽음에서 돌리게 했노라."

프로메테우스에게서 불을 얻게 된 인간은 불을 통해 원시 세계에서 벗어나 마침내 문명의 성(城)을 쌓기에 이른다. 인간의 손에 불이 들

• Hephaistos. 그리스 신화에 나오는 불을 다스리는 신.

린 것을 본 제우스는 분노로 끓어올랐다. 그는 즉시 프로메테우스를 잡아다가 카우카소스 산 절벽에 묶고는 독수리에게 매일같이 간을 파 먹히는 형벌을 내린다.

독수리는 그의 간을 쪼아 먹었지만 밤이 되면 그의 간은 독수리가 낮 동안 쪼아 먹은 만큼 자라났다. 프로메테우스와 사촌 간인 대양의 신 오케아노스가 찾아와 제우스에게 복종할 것을 설득하지만 프로메테 우스는 완강히 거부한다.

그러던 어느 날 프로메테우스 앞에 이오가 찾아온다. 알고스 왕의 공 주인 이오는 뜻밖에도 암소의 몸으로 변해 있었다.

"어찌하여 암소가 됐나요?"

"저를 사랑한 제우스가 헤라의 눈이 두려워 저를 암소로 만들어버렸답니다. 이제 저의 앞날은 어떻게 될까요?"

프로메테우스는 이오와 제우스 사이에서 태어나는 후손°이 자신을 구원하고 제우스를 몰아낼 것이라 예언한다. 이 소식을 들은 제우스는 전령의 신 헤르메스를 보내 자신이 몰락하는 이유를 캐묻지만 프로메테우스는 일체의 타협을 거부하며 함구한다.

격노한 제우스는 천둥과 번개를 동반한 폭풍우를 일으키고, 마침내 프로메테우스는 벼락으로 산산조각이 난 바위와 함께 깊은 바닷속으로 가라앉는다.

• 헤라클레스를 지칭한다.

소포클레스, 에우리피데스와 더불어 그리스 3대 비극작가로 불리는
아이스킬로스.

그는 그리스 신화에 나오는 티탄족(族) 프로메테우스를 주인공으로
하는 '프로메테우스 3부작'을 썼다. 그중 〈결박에서 풀려난 프로메테
우스〉와 〈불을 옮기는 프로메테우스〉는 소실되고, 1부에 해당되는
〈결박당한 프로메테우스〉만이 전해진다.

그리스 신화에서 프로메테우스는 흙을 강물에 반죽해 인간을 창조한
다. 그는 인간에게 직립할 능력을 주었고, 제우스가 감추어 둔 불을
전해주었다. 인간은 그 불을 이용해 문명의 시대를 열었다. 그는 인
간이 살아가는 데 필요한 모든 것을 가르친 인류의 스승이며 수호자
였던 것이다.

인간을 사랑하여 제우스의 권력에 항거하고
자신의 자존심과 절개를 끝까지 굽히지 않은
프로메테우스는 훗날 수많은 예술가들에게
영감을 불어넣었다.

괴테는 프로메테우스를 주제로 한 시와 미완
성 희곡을 썼고, 베토벤은 프로메테우스가 인
간을 창조한 이야기를 가지고 〈프로메테우스
의 창조물〉이라는 발레음악을 작곡했으며, 화

귀스타브 모로,
〈프로메테우스〉(19세기)

가 귀스타브 모로는 프로메테우스를 화폭에 담았고, 알베르 카뮈는 〈시시포스의 신화〉에서 프로메테우스를 부조리에 항거하는 영웅으로 형상화했다.

아이스킬로스는 프로메테우스를 통해 어떤 이야기를 하고 싶었을까? 프로메테우스는 고통받을 것을 알면서도 의지를 굽히지 않고 제우스의 불의(不義)에 대항한다. 마치 오이디푸스가 신탁으로 정해진 운명의 사슬을 끊고자 스스로 파멸을 택한 것처럼.

〈결박당한 프로메테우스〉는 고대 그리스의 도시국가 폴리스가 참주들의 독재정치에서 민주정치로 이행하던 시기에 나왔다. 참주는 제우스를 상징하고, 민주적 지도자는 프로메테우스를 상징하며, 폴리스의 시민들은 인간에 대입되곤 했다. 독재를 종식시키기 위해서는 권력을 두려워하지 않는 불굴의 용기와 의지가 필요하다.

"행복과 자유의 비밀은 용기다. 행복하기 위해서는 자유가 필요하고, 자유를 위해서는 용기가 필요하다." ─페리클레스(아테네 정치가)

절대권력을 향한 저항, 자유를 위한 도전. 새로운 시대를 열기 위해서는 이러한 저항과 도전이 필요하다는 것이 사슬에 묶인 프로메테우스가 우리에게 던지는 메시지가 아닐까?

지금 당신 안의 프로메테우스는 깨어 있는가?

작품 속 명문장
────────────

"적(敵)이 된 마당에 상대편 때문에 고초를 겪는 건 부끄러운 게 아니지. 얼마든지 내 머리 위에 벼락을 때리시오. 천둥과 사나운 돌풍으로 허공을 갈가리 찢고 광풍을 일으켜 대지를 뿌리째 뒤흔드시오. 바다 물결을 사정없이 일으켜 하늘을 건너는 별들의 길과 뒤섞으시오. 그리고 잔인한 필연의 소용돌이 속에 나를 내던져 캄캄한 지옥 바닥으로 떨어지게 하시오. 무슨 짓을 해도, 나를 죽이지는 못할 거외다."

────────────

제2부 사상·교양

6장 '역사'에서 미래를 만나다

역사 _ 헤로도토스

사기(史記) _ 사마천

로마제국 쇠망사 _ 에드워드 기번

"인간 세계의 일은 시간이 지나면 잊히기 때문에
그리스인과 이방인이 이루어놓은
수많은 경이롭고 위대한 사적이 사라지는 것을 막고,
특히 전쟁을 한 이유를 밝히기 위해 이 글을 썼다."

〈역사〉 중에서

19
역사

The Histories, BC 431-BC 425

QR

'역사의 아버지' 헤로도토스가 쓴 인류 최초의 역사서

헤로도토스
Herodotos, BC 484?- BC425?, 고대 그리스

기원전 490년, 그리스 도시국가 아테네에 필리피데스라는 한 전령이 숨을 헐떡이며 달려와 시민들에게 이 한 마디를 전하고 숨을 거둔다. "우리가 승리했다. 아테네 시민들이여, 기뻐하라!"

그곳에서 약 40킬로미터 떨어진 마라톤 평원에서 아테네군이 페르시아군과 전쟁을 벌여 이겼는데, 그 병사가 시민들에게 승전보를 전하기 위해 사력을 다해 뛴 것이다. 이 극적인 죽음을 기리기 위해 훗날 마라톤 경주가 탄생했다.

이상은 우리가 흔히 알고 있는 마라톤의
기원이다.

하지만 역사가 헤로도토스에 따르면
이는 사실이 아니다. 그의 책 〈역사〉
를 보면 필리피데스는 아테네의 승리
소식을 전하려 달린 게 아니라 스파르
타에 원군을 청하기 위해 달렸다. 아테
네 최고의 달리기 선수였던 그는 아테네에서
스파르타까지 무려 240킬로미터 거리를 이틀 만에 주파했고, 죽지
도 않았다.

역사는 때로 와전되고 부풀려진다. 사실과 진실에 기반을 둔 역사책
이 필요한 이유다.

헤로도토스의 〈역사〉는 무엇을 기록했을까?

미국 의회도서관 안에 있는 헤로도토스 동상

기원전 5세기, 오리엔트를 통일한 페르시아 왕 다리우스 1세는 그리스 정복을 꿈꾼다.

기원전 499년, 제1차 그리스 원정에 나서지만 폭풍으로 함대가 난파되는 바람에 수포로 돌아간다.

기원전 490년, 야심차게 준비해 다시 나선 제2차 원정. 그러나 페르시아군 약 20만 명은 밀티아데스 장군이 이끄는 아테네 중무장 보병 1만여 명에게 마라톤 평원에서 패배한다.

두 번이나 수모를 당한 다리우스 1세가 죽고, 뒤를 이어 왕이 된 아들 크세르크세스는 기원전 480년에 수십만 명을 동원해 육상과 바다에서 3차 원정에 나선다.

테르모필레* 전투에서 레오니다스 왕이 이끄는 스파르타군을 어렵
게 꺾었으나 살라미스** 해전에서 아테네 함대에 대패하면서 페르시
아의 그리스 원정은 실패로 끝이 난다.

• '뜨거운 문'을 의미. 영화 〈300〉(2006)의 배경이 된 전투.
•• 아테네 인근의 섬.

총 9권*으로 이루어진 이 책에서 전반부 6권은 페르시아가 오리엔트
를 통일해 대제국을 이루는 과정과 다리우스 1세의 원정을, 후반부 3
권은 크세르크세스의 3차 원정을 다룬다.

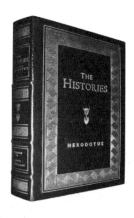

• 1~3권은 페르시아 제국의 역사와 건국 과정을 다루었고, 4~6권은 유목민족 스키타이인 이야기와
이오니아 도시들이 페르시아에 저항한 이야기, 다리우스 원정과 마라톤에서의 패배를 다루었으며,
7~9권은 크세르크세스의 침공과 테르모필레 전투, 살라미스 해전 등을 다루었다.

인류 최초의 동서양 대결이라 불리는 페르시아 전쟁 40년사를 다룬 헤로도토스의 〈역사〉. 인류 역사상 최초의 체계적 역사서로도 꼽힌다.

"인간 세계의 일은 시간이 지나면 잊히기 때문에 그리스인과 이방인이 이루어놓은 수많은 경이롭고 위대한 사적이 사라지는 것을 막고, 특히 전쟁을 한 이유를 밝히기 위해 이 글을 썼다." — 〈역사〉 '서문' 중에서

신의 뜻인 숙명과 인간의 자유의지가 엮어낸 '역사의 인과관계'를 탐구한 헤로도토스는 그래서 자신의 책에 그리스어로 '탐구'를 뜻하는 'Historiai'라는 제목을 붙였다.
〈역사〉에서 헤로도토스가 본 페르시아의 패인은 '오만'. 그리스 연합군을 깔봤고 아테네 신전을 불태워 신을 모독했다. 게다가 강제 동원된 페르시아의 다민족 군대는 자유를 지키려는 그리스군의 맹렬한 저항에 부딪치자 싸우지도 않고 줄행랑치곤 했다. 이에 헤로도토스는 어떤 인간이나 국가가 자기 몫 이상의 것을 가지려는 탐욕스러운 행동을 할 때 신의 징벌이 내린다고 믿었다.

헤로도토스 이전까지의 역사는 사실뿐 아니라 신화와 전설이 혼재된 연대기적 구성의 운문이었다. 하지만 헤로도토스는 사실을 기반

으로 산문체로 서술했다. 이 책을 분기점으로 문학과 역사가 분리되었기에 로마시대 역사가 키케로는 그를 '역사학의 아버지'라 불렀다.
 그리스 폴리스의 명문가 출신인 그는 사실 확인을 위해 10여 년간 지중해 일대를 모두 답사한 '발로 뛰는 역사가'였고, 그리스인이었지만 이민족도 존중한 '중립적인 역사가'였다.
〈역사〉 중 이집트를 다룬 제2권, 스키타이를 다룬 제4권은 이민족의 진기한 풍습과 일화를 이야기체로 소개해 그는 한때 설화작가로 대접을 받기도 했다. 하지만 18세기 이후 고고학이 발전하면서 그 정확성을 인정받았다.
헤로도토스는 무엇보다 페르시아 전쟁을 자유를 지키기 위한 인간의 투쟁으로 보았다는 점에서 역사가로서 빛난다.

> 아테네는 한 국가의 발전에 자유와 평등이 얼마나 중요한지
> 를 보여준다. 아테네가 독재자 '히피아스'로부터 해방되자 당
> 당히 타국을 제압하고 최강국이 되었기 때문이다.

역사의 진리를 탐구했던 헤로도토스가 우리에게 묻는다.

당신은 지금 자유로운가?
그 자유를 지키기 위해 싸울 각오가 되어 있는가?

작품 속 명문장

그리스인들은 창이 부러지자 이제는 칼을 휘두르며 페르시아군과 맞서 싸웠다. 이 피비린내 나는 전쟁 속에서 레오니다스가 장엄한 죽음을 맞았고, 다른 스파르타인들도 모두 쓰러져갔다. 나는 끝까지 용감했던 이들의 이름을 들어 알고 있으며 나아가 전사한 스파르타인 300명의 이름까지 낱낱이 알고 있다. (…) 그중에서도 디에네케스의 용맹은 타의 추종을 불허했다. 페르시아군과의 전투가 벌어지기 직전 그는 어떤 트라키스인에게서 페르시아군은 숫자가 어찌나 많은지 활을 쏘면 화살에 가려 태양이 보이지 않을 정도라는 이야기를 들었다. 그는 상대방 숫자가 그토록 많다는 것에 조금도 주눅 들지 않고 태연하게 말했다고 한다. "그대는 우리에게 희소식을 갖고 왔구려. 페르시아군이 화살로 태양을 가려주면, 우리는 그늘에서 싸울 수 있지 않겠소."

www.monaissance.com

"죽음보다 더한 치욕을 견디고 써내려간
불세출(不世出)의 역사서."

20
사기

史記, BC 108 - BC 91

동양 역사서의 뿌리, 인간경영학의 보고(寶庫)

사마천
司馬遷, BC 145?-BC 86?, 중국

바람은 쓸쓸하게 불고 역수 강물 차갑도다.

사나이 한 번 가면 다시 돌아오지 못하리!

(風蕭蕭兮 易水寒, 壯士一去兮 不復還)

기원전 227년, 연(燕)나라 태자 단(丹)의 부탁으로 진(秦)왕 정(政)을
죽이기 위해 나섰던 자객 형가(荊軻)가 역수를 지나며 지은 시이다.
결국 암살에 실패한 형가. 하지만 그는 역사에 이름을 남겼다. 그 이
유는 바로 〈사기〉의 '자객열전' 편에 실렸기 때문이다.

기원전 98년, 한(漢) 무제 때 역사를 기록하는
태사령(太史令)이던 사마천은 남성을 거세당
하는 궁형(宮刑)을 받는다. 흉노 정벌에 나섰
다가 중과부적으로 투항해 포로가 된 이릉
(李陵) 장군의 처벌을 반대하다 황제의
노여움을 산 것.

선친의 뜻을 이어 역사서를 집필하기
위해 살아남아야 했던 사마천, 사형
을 면하기 위해 치욕을 택한다. 20세
때 이미 전국을 주유하며 사적지 답
사와 증언 채취를 하였고, 왕실문서
20종을 포함해 무려 103종의 문헌을
섭렵하는가 하면 금석문과 회화 등에
서까지 사료를 찾아낼 줄 알았던 사마천은
'준비된 역사가'였다.

20년 가까운 절치부심 끝에 황제*부터 한 무제까지 약 3천 년간의 중
국 역사를 있는 그대로 담아낸 사서(史書)의 전범(典範) 〈사기〉는

• 黃帝. 중국의 시조로 섬기는 전설상의 임금.

• 역대 왕조 제왕의 치적을 기록한 본기(本紀) 12편

• 연대기인 표(表) 10편

• 제도사를 다룬 서(書) 8편

• 제후국의 역사에 관한 세가(世家) 30편

• 역사에 큰 발자취를 남긴 인물의 생애를 그린 열전(列傳) 70편 등
총 130편, 52만 6,500자에 이르는 대작이다.

〈사기〉가 특히 빛나는 첫 번째 이유는 제왕과 사건 중심의 본기(本紀)에 주요인물의 생애를 그린 열전(列傳)을 더한 기전체(紀傳體)라는 입체적 역사서술 방식을 처음으로 도입했다는 점이다.

두 번째로 〈사기〉를 빛나게 하는 것은 하늘과 인간의 상호관계에 따라 역사가 전개된다는 천인상관(天人相關)의 정신이 바탕에 있다는 것이다. 그래서 사마천은 역사를 영웅호걸이나 승리자 중심으로만 다루지 않았다. 〈사기〉에는 초야에 묻혀 굶어죽은 백이숙제(伯夷叔齊)뿐 아니라 정치적으로 불우했던 공자, 실패한 자객 형가 같은 패배자는 물론 의사, 점쟁이, 여성, 환관들이 명장, 재상과 나란히 등장하여 다양한 인간 드라마를 보여준다.

또한 이 책의 세 번째 미덕은 개인의 사사로운 이해와 감동을 떠나 객관적이고 공정하게 역사를 기술하는 춘추필법(春秋筆法)의 모범이란 점이다. 각 편 말미에 붙은 '태사공왈(太史公曰)'이라는 논평을 보면, 우선 그는 진시황의 통일을 도운 재상 이사(李斯)에 대해 아래와 같이 냉정한 잣대를 대어 기술한다.

> 그는 주상의 결점을 보충하는 일에 힘
> 쓰지 않고 권력에 아첨하였고 구차하
> 게 영합했다.

또한 항우(項羽) 본기에선 한나라 건국시조인 고조 유방(劉邦)의 냉혹함을 여실히 드러내고 있다.

항우의 군대에 쫓기던 유방은 더 빨리 도망가려고 자식 둘을
수레에서 밀어냈다.

이 책의 원제목은 '태사공서(太史公書)'였으나 사마천이 죽은 뒤 3세
기가 지난 위진(魏晉)시대에 이르러 정사 대접을 받으며 〈사기(史
記)〉라는 이름을 얻게 되었다.

중국 고대사 3천 년을 살필 수 있는 정통 역사서이자 법률, 군사, 의학, 점술 등 사마천 이전까지의 중국 전통 학술을 집대성한 동양사상과 문화의 원류 〈사기〉. 이 책은 이제 통치의 전범을 넘어 인간경영의 교과서로 읽힌다.

궁형에 따른 육체적 정신적 고통과 고독감을 이겨내며 패배자와 미천한 인물에까지 관심을 쏟았던 사마천.
죽음보다 더한 치욕을 견디고 불세출의 역사서를 써내려간 사마천이 2천 년의 시공을 뛰어넘어 우리에게 묻는다.

당신은 훗날 어떤 사람으로 기억되고 싶습니까?

작품 속 명문장

"하늘의 도는 공평해서 언제나 선한 사람을 돕는다"고 누군가 말했다. 백이, 숙제 같은 사람은 진정한 선인 아니던가? 하지만 그토록 어진 덕을 쌓고 올바르게 살았어도 그들은 결국 굶어 죽었다. (…) 하늘이 선인에게 은혜를 베푼다면 어떻게 이런 일이 생길 수 있는가? (…) 요즘 세상에도 법도를 벗어나고 해서는 안 될 나쁜 짓만 저지르면서도 평생 호강만 누리다가 후대에까지 그 부귀를 물려주는 경우가 있다. 반면 또 어떤 이는 가도 될 만한 곳만 가고 말도 때를 기다려 하며, 길을 갈 때는 작은 길로 가지 않고 공명정대한 일이 아니면 나서지 않는데도 도리어 화를 당하는 경우가 허다하니 이게 무슨 일인가? 나는 매우 당혹스럽다. 하늘의 도는 과연 옳은가, 그른가(天道是耶非耶)?

"영국 총리 윈스턴 처칠, 인도 총리 자와할랄 네루,
경제학자 애덤 스미스, 철학자 버트런드 러셀 등
세계의 리더들이 손에 꼽은 애독서."

21
로마제국 쇠망사

The History of the Decline and Fall of the Roman Empire, 1776-1788

"제국은 전성기 때 멸망하기 시작한다." —1400년 로마의 흥망에
관한 탁월한 보고서

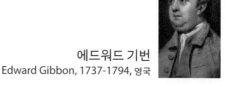

에드워드 기번
Edward Gibbon, 1737-1794, 영국

서기 138년 트라야누스 황제부터 1453년 동로마제국 멸망까지, 총 1315년 동안의 역사를 약 20년에 걸쳐 71개 장, 150만 단어, 8,000여 개의 주석 속에 담아낸 영국 역사가 에드워드 기번의 불후의 역사서 〈로마제국 쇠망사〉.
최초의 로마제국 통사(通史)로 꼽히는 이 책은 이렇게 시작한다.

　　서기 2세기의 로마제국은 지구상에서 가장 아름다운 영토와
　　가장 문명화된 인류를 갖고 있었다.

아우구스투스의 공적(BC 27~AD 14), 황제들의 광기와 방탕(AD 14~), 기독교의 전파와 승인(300), 로마제국의 동서 분할(395), 이슬람의 발전, 비잔틴제국의 위기와 콘스탄티노플 함락 등 로마의 주요 역사를 크게 3기로 나누어 서술한다.

아우구스투스(BC 63-AD 14)

- 제1기: 로마제정 전성기부터 서로마제국 몰락까지(138~476년)
- 제2기: 비잔틴제국(동로마)의 일시적 발흥(勃興)기(~800년)
- 제3기: 십자군 원정부터 동로마제국 멸망까지(~1453년)

기번이 언급한 로마제국의 쇠퇴 요인은 다양하다. 군사 전제정치와 무질서, 계속되는 혁명과 암살, 과도한 세금, 군 기강 해이, 소농 몰락, 끊임없는 외침(外侵), 로마인들의 사치와 도덕성 타락……

많은 요인들 중에서 눈여겨볼 것은 세 가지다.

① 친위대의 전횡

황제는 자기보호와 독재를 위해 강력한 친위대를 만들었다. 하지만 힘을 갖게 된 친위대는 점차 비대해지고 오만해진다. 결국 그들은 공화정을 압박하고 황제 보위 문제에까지 간여하면서 로마제국을 내전의 소용돌이 속으로 빠뜨린다

② 그리스도교의 확장

325년 콘스탄티누스 1세가 그리스도교를 승인한 이후 '내세의 행복'을 강조한 기독교 교리가 로마의 강

인한 군인정신을 저하시켰을 뿐 아니라 군비에 쓰일 돈마저 기부금과 교회 헌금으로 흘러가게 만들어 군사력을 약화시켰다. 뿐만 아니라 기독교 종파 간 갈등은 로마제국의 혼란을 더욱 부추겼다.

③ 이민족의 끊임없는 침입

유럽에서 인도까지 광활한 영토를 갖게 된 로마제국은 넓은 땅만큼이나 전방위적인 이민족의 공격에 시달린다. 하나가 쓰러지면 새로운 이민족이 그 자리를 대신했다. 내부 분열과 군력 약화로 쇠망 조짐을 보이기 시작하던 로마제국은 훈족에게 밀려 내려온 게르만족에게 결국 허무하게 무너져버린다.

그러나 무엇보다도 기번이 꼽은 로마제국 쇠망의 진짜 이유는 바로 이것.

로마의 쇠퇴는 비정상적인 팽창의 필연적인 결과였다. 정복 지역이 늘어감에 따라 쇠망 요인도 늘어났다. 시간과 사건에 의해 쇠망의 스위치가 켜졌고 인공적인 기둥이 제거되자 이 엄청난 구조물은 자신의 무게를 감당하지 못하고 스스로 무너진 것이다.

결국 번영이 쇠퇴를 무르익게 했으니 제국은 전성기 때부터 서서히
멸망하기 시작한 것이다.

〈로마제국 쇠망사〉는 로마를 넘어 시베리아와 나일 강, 중국에 이르기까지 광대한 영역에서 펼쳐지는 다양한 민족과의 교역과 교류는 물론 종교와 제도, 문화까지 담아낸 역사서이자 인문학 총서다.

"당신은 이 저서 하나로 유럽 문단의 최고봉에 섰다."–애덤 스미스(영국 정치경제학자)

단순한 역사서를 뛰어넘어 나폴레옹, 처칠, 네루 등 수많은 세계사적 인물들에게 영감을 준 에드워드 기번. 그가 오늘을 사는 우리에게 말한다.

애덤 스미스(1723-1790)

로마는 하루아침에 만들어지지 않았다.
마찬가지로 로마는 하루아침에 무너지지도 않았다.
당신이 생각하는 번영과 진보의 조건은 무엇인가?

작품 속 명문장

아테네와 스파르타는 이방인의 피를 섞지 않고 시민의 혈통을 순수하게 보존하겠다는 편협한 정책 때문에 몰락을 재촉했다. 그러나 큰 뜻을 품은 로마는 달랐다. 그들은 공허한 허세를 버리고 야망을 택했다. 로마는 노예나 이방인, 혹은 적이나 야만족이라 할지라도 장점과 올바른 덕목이 있으면 받아들여 내 것으로 취하는 게 더 현명하고 명예로운 길이라고 여겼다.

7장 머스트 리드 '인문교양'

월든 _ 헨리 데이비드 소로

인간 불평등 기원론 _ 장 자크 루소

꿈의 해석 _ 지그문트 프로이트

"나는 삶의 가장 깊은 본질만을 만나고 싶어
숲으로 들어갔다."

〈월든〉 중에서

22
월든

Walden, 1854

물질과 문명의 피로사회에 권하는 '야성(野性)의 강장제'

헨리 데이비드 소로
Henry David Thoreau, 1817-1862, 미국

1840년대 미국 매사추세츠 주 콩코드 근교.
'나'는 하버드대학을 졸업했다. 사람들은 나를 '괴짜'
혹은 '낙오자'로 부른다. 동창들은 변호사, 의사,
교수가 되었는데 나는 대학을 졸업하고
고향에 돌아와 일정한 직업 없이
빈둥거렸기 때문이다.

1845년 7월 4일 독립기념일. 마을 사람 모두 폭죽을 터뜨리며 축제를 벌이던 그날, 나는 손수레에 짐을 싣고 월든 호수가 있는 숲 속으로 떠났다. 내 의도대로 인생을 살아보고 싶었기 때문이다.

직접 지은 작은 통나무집에서 내가 꿈꾸고 계획했던 단순한 삶을 시작했다. 숲에서 얻거나 손수 경작한 것으로 식량을 삼고, 명상과 자연 관찰, 산책과 독서를 했으며 밤에는 등잔에 불을 밝히고 글을 썼다.

"왜 남들이 가는 길을 가지 않는 거지?"

사람들은 모두 나에게 미쳤다고 한다. 하지만 내 생각은 다르다. 산업화가 급속하게 번져나가던 19세기 중엽 미국, 물질적인 풍요가 사람들을 유혹하기 시작했다. 그리고 돈과 성공이 사람들의 최대 목표가 되어갔다. 더 좋은 것, 더 비싼 것을 얻기 위해 노동에 시달리는 삶. 과소비와 중노동의 악순환을 끊기 위해 '자발적 빈곤'을 선택했고, 그렇게 얻은 자유로 이곳에서 내 영혼을 돌보고 삶을 성찰한다.

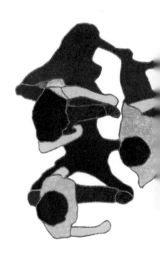

소박하지만 무엇보다 충만한 숲 속 생활. 나는 사람들에게 참다운 삶이 무엇인지 알려주고 싶다. 내 이웃들을 깨울 수 있다면 새벽의 수탉처럼 홰에 올라서 한껏 뽐내며 소리 지르고 싶다. 간소하게 살아라, 자연과 교감하라! 문명의 짐을 벗어던지고 대지에 굳게 발 딛고 살아갈 때 당신도 '참다운 삶'을 보게 될 것이라고.

이곳 야생의 숲에서 나는 삶의 정수를 맛본다. 그리고 내가 발맞춰 나아가야 할 미래의 북소리를 듣는다.

미국의 시인이자 사상가인 헨리 데이비드 소로가 1845년 7월 4일부터 1847년 9월 6일까지 2년 2개월간 자연 속에서 자급자족의 삶을 실천하며 쓴 에세이 〈월든〉.

소로는 미국의 물질적 풍요가 막 시작되던 170년 전에 산업화와 과소비가 몰고 올 문제들을 이미 통찰하고 경고했다. 그래서 〈월든〉은 생태주의의 복음서라고도 불린다.

로버트 프로스트(1874-1963)

"이 한 권의 책으로 소로는 미국이 소유한 정신과 물질을 앞섰다"-로버트 프로스트(미국 시인)

소로의 눈에 당시 사람들은 재산의 노예이자 일의 노예였다. 인간이 애써 그렇게 살지 않아도 행복할 수 있음을 증명해보이기 위해 그는 숲으로 들어가 최소한의 노동으로 자급자족하면서 자기 성찰과 여가에 충실한 삶을 실험했다.

"어떤 사람이 행진할 때 다른 사람과 발을 맞추지 않는다면 그는 다른 고수(鼓手)의 북소리에 귀를 기울이고 있는지도 모른다."

소로가 〈월든〉에서 한 말이다. 왜 우리는 성공하려고 그렇게 필사적으로 서두르며 달려갈까? 아니, 그 길이 성공을 향하는 길이기는 할까? 남들이 모두 가고 있으니까 그저 휩쓸리고 있는 것은 아닐까?

자연도 저마다의 속도를 가지고 있다. 사과나무는 사과나무의 속도로, 떡갈나무는 떡갈나무의 속도로 자란다. 다른 나무와 보조를 맞추겠다고 자신의 봄을 여름으로 바꾸지는 않는다. 하물며 사람이 걸어가는 생의 여정에도 자신만의 북소리가 있지 않겠는가?
자발적 고립을 선택하고 숲으로 들어가 행복을 실험한 소로. 자신이 발 맞춰 걸어야 할 삶의 북소리에 귀 기울인 책 〈월든〉은 19세기보다 21세기에 더 많이 읽히고 있으며 앞으로도 더욱 그럴 것이다.
170년 전의 소로가 21세기를 사는 우리에게 묻는다.

당신은 지금 어느 북소리에 발맞추고 있습니까?
그 북소리는 당신을 행복한 삶으로 인도하고 있습니까?

샐비어 같은 약초를 가꾸듯 가난을 가꾸어라. 옷이든 친구든 새것을 얻겠다고 그렇게 안달복달하지 마라. 헌옷이 되면 뒤집어 다시 깁고 오랜 친구들에게로 돌아가라. 세상은 변하지 않는다. 변하는 것은 우리들이다.

www.monaissance.com

"사유(私有)와 함께 인간의 평등은 사라졌다."

〈인간 불평등 기원론〉 중에서

23
인간 불평등 기원론

A Discourse on Inequality, 1755

프랑스 대혁명의 사상적 기반이 된 책

장 자크 루소
Jean-Jacques Rousseau, 1712-1778, 프랑스

"인간 사이의 불평등은 어디에서 시작되었고, 불평등은 자연법
에 의해 정당화되는가?"

이 질문은 1753년 프랑스 디종아카데미가 내건 현상공모 논문의 주
제다. 〈인간 불평등 기원론〉은 위 질문에 대한 장 자크 루소의 대답
이다.

이 책은 크게 두 부분으로 나뉜다. 1부에서는 문명 이전 자연 상태에
서의 인류의 모습을 논했고, 2부에서는 문명과 더불어 인류가 어떻게
불평등의 길로 들어섰는지를 추적했다.

이제 〈인간 불평등 기원론〉의 핵심 줄기를 따라가 보자.

1. 원시의 삶에는 악도 불평등도 없었다

자연 상태에서 인간에게는 소유욕이
없었으므로 자유와 평화를 유지할 수
있었다. 따라서 루소가 그리는 자연
상태란 인간이 추구해야 할 정신적
정치적 목표다.

2. '소유'가 문명사회를 만들었고 악의 원천이다

인간이 자신의 소박한 오두막집에 만족하고 혼자 할 수 있는 일과 기
술에만 전념하던 시대에는 자유롭고 선량하며 행복했다. 하지만 혼
자서 두 사람분의 양식을 갖는 것이 더 유리하다는 것을 알아차리는
순간, 평등은 사라지고 소유가 도입되며 노동이 필요하게 되었다.
드넓은 숲은 인간의 땀에 젖은 들판으로 바뀌었고 그곳에서 농작물
과 함께 예속과 궁핍도 자라게 되었다. 즉, 철(鐵) 사용기술과 농업의
발달로 생산경제 시대가 열리고, 노동과 분업이 이루어지면서 사유
화가 시작됐으며, 자신의 생명과 재
산을 지키고자 전쟁이 시작되었고,
전쟁을 통해 강자와 약자, 지배자와
피지배자가 출현하면서 개인 간 불평
등이 점점 커지게 된 것이다.

3. 사회와 법이 소유와 불평등의 법칙을 고착시켰다

부자들은 자신이 소유한 것을 지키기 위해 공공의 이익이라는 이름
으로 제도를 고안하고 정치사회, 즉 국가와 정부를 형성한다. 사회와
법은 자연적 자유를 아주 파괴해버리고 소유와 불평등의 법칙을 영

구히 고착시켰으며, 인류 전체를 비참한 노동의 굴레에 예속시켰다. 결국 인간이 자연 상태에서 벗어나 사회를 이루고 법을 만들어 사유(私有)를 인정하면서 인간 불평등이 생겨났고, 이를 정당화할 자연법은 없다는 게 루소의 결론이다.

가난한 시계공의 아들로 태어나 하인, 가
정교사와 비서, 악보 베끼는 사람, 신부
조수, 농부, 아마추어 작가 등 사회 주변
부를 두루 거치며 떠돌이 생활을 한 루소.
정규교육을 제대로 받지 못한 그는 오로
지 독서를 통해 지식을 습득하고 생각을
키웠다.

〈인간 불평등 기원론〉은 당시 정치제도에 대한 강한 비판과 과격한
주장을 담고 있어 디종아카데미 현상공모에 낙선했으나 1755년 네
덜란드에서 출판되었다.

그는 자연 상태에서 선했던 인간이 문명 때문에 타락했고, 소유권
을 지키기 위해 강자가 약자를 억압하는 불평등한 사회로 전락했다
고 진단했다. 또한 소유권을 가장 중요한 권리로 인정하는 기존의 법
체계는 불평등의 질서를 보호하고 정당화하는 수단일 뿐이라고 주
장했다.

그의 이런 주장은 문명의 발전이 인류를 구원하리라 확신했던 계몽
주의 철학과 완전히 대치되는 것이기에 비판을 불러오기도 했다.

"사람을 네 발로 걷는 짐승으로 만들 건가? 정신 차리고 제대로 글 써라." —볼테르(프랑스 계몽사상가)

계몽주의 시대를 지배하던 정치적 사회적 통념에 주저 없이 도전한 혁명적인 철학자 루소. 그의 사상은 데이비드 흄이나 칸트에게 크게 영향을 미쳤고, 특히 칸트는 볼테르(1694-1778)
"나는 루소에게서 대중을 존경하는 법을 배웠다."고 말했다.

> 굶주린 다수에게는 필요한 것이 모자라는데 소수의 사람에게는 사치품이 넘쳐나는 것은 명백히 자연의 법칙에 위배된다.

이 책의 마지막 문장이다.
18세기의 가장 혁명적인 투쟁서로 꼽히며 프랑스 대혁명의 사상적 기반이 된 책, 〈인간 불평등 기원론〉.

지금 우리 사회는 자연의 법칙에 부합하는 곳인가?

작품 속 명문장

한 뼘 땅에 울타리를 두르고 '이건 내 땅이야'라고 말할 생각을 한 사람, 그리고 다른 사람이 순진하게도 그 말을 믿을 거라고 생각한 최초의 인간이 바로 문명사회의 실제적 창시자다. 만약 누군가가 나서서 말뚝을 뽑아 던진 후에 이웃들에게 이렇게 외쳤더라면 인류는 그 많은 범죄와 전쟁과 살인을 겪지 않아도 되었을 것이다. "여러분, 저 사람 말을 믿지 말아요. 과일은 우리 모두의 것이고, 땅은 그 누구 것도 아닙니다. 만약 이 사실을 잊는다면 우리 모두 파멸할 거요."

"한 사람의 꿈을 해석한다는 것은
그의 삶을 읽어내는 것이다."

〈꿈의 해석〉 중에서

24
꿈의 해석

The Interpretation of Dreams, 1900

인류에게 '무의식'의 문을 열어준 20세기 최고의 문제작

지그문트 프로이트
Sigmund Freud, 1856-1939, 오스트리아

1895년, 오스트리아의 신경학자인 프로이트는 이르마라는 환자의 신경증 치료를 하게 된다. 환자가 아내의 친구라 부담이 되었지만 다행히 증상을 완화시킬 수 있었고, 이후 완치를 위해 다른 치료법을 권유했지만 환자가 이를 거부하여 치료는 중단되고 말았다.

어느 날 지인인 젊은 의사 오토가 이르마를 만난 후 그를 찾아오자 프로이트가 물었다.

"이르마의 상태는 좀 어때요?"

"뭐, 그다지 좋지는 않더군요."

환자와 오토가 자신을 비난한다고 느낀 프로이트. 불쾌감과 죄책감에 빠진 그는 그날 밤 꿈을 꾼다.

꿈 속에서 '나'(프로이트)는 파티장에 있었다. 정신과 의사인 나는 사람들 속에서 이르마를 발견한다. 나는 이르마에게 다가가 그녀가 내 치료법을 받아들이지 않은 것에 대해 나무란다. "당신이 아직까지 아프다면, 그건 당신 탓이오."

그러자 돌아오는 이르마의 대답.

"내 목과 배가 얼마나 아픈지 알기나 하시나요?"

깜짝 놀라 그녀를 살펴보니 얼굴이 상당히 창백하고 부어 있었다. 나는 급히 의사 M을 불렀다. 이르마의 증상은 분명 감염 때문인 것 같았고, 그 원인은 곧 밝혀진다. 내 친구 오토가 그녀에게 주사한 약제와 주사기 때문이었던 것! 꿈 속에서 나는 이렇게 생각한다.

'그런 주사는 그렇게 경솔하게 놓는 법이 아니야. 분명 주사기도 소독하지 않았을 걸.'

여기까지가 꿈의 내용이다. 도대체 이런 꿈을 꾼 이유는 무엇일까? 자신의 치료를 거부한 환자까지 책임지고 싶지는 않았던 프로이트. 그는 자신에게 섭섭한 말을 던진 오토에게 모든 원인을 돌리고 자신은 죄책감에서 벗어나려는 '감춰진 소망'이 있음을 발견한다. 또한 프로이트는 오토가 환자 말만 믿고 경솔하게 행동했다고 생각했다. 그런 생각을 증명하기 위해 프로이트는 꿈 속에서 오토를 경솔한 모습으로 그렸던 것.

이르마가 등장한 꿈을 해석하면서 프로이트는 깨닫는다. 꿈은 '잠재된 소망의 충족'이라는 것을. 그리고 이 일을 계기로 223개의 꿈을 체계적으로 분석, 1900년에 〈꿈의 해석〉이라는 유명한 책을 출간한다. 프로이트가 〈꿈의 해석〉에서 밝혀낸 것은 크게 두 가지다.

1. 꿈의 본질은 '소망 충족'이다

프로이트는 인간의 정신영역을 세 가지로 나누었다.

Ⓐ의식: 평소 인식되고 있는 영역
Ⓑ전의식: 평소 감춰져 있으나 노력하면 떠오르는 영역
Ⓒ무의식: 전혀 의식하지 못하는 영역

의식, 전의식, 무의식이 지정학적 구조에 의한 분류라면, 자아, 초자아, 이드는 정신의 구조에 대한 분류다.

ⓐ자아: 충동과 현실 사이에서 중개하는 영역
ⓑ초자아: 옳고 그름을 판단하는 영역
ⓒ이드(원초아): 무의식 속에서 본능과 쾌락에 지배받는 영역

그리고 꿈이란 누군가를 공격하고 성적 충동을 해소하는 등 현실세계에서는 금지된 욕망을 성취하려는 '이드'의 움직임으로 보았다.

2. 꿈의 작동 방식은 '왜곡'이다

평상시 인간의 무의식 속에서는 두 가지 심리적 경향이 충돌한다. 자신의 욕망을 충족시키려는 '이드'와 이를 검열하고 억압하려는 '자아'의 충돌이다. 자아가 허락하지 않는 한 이드는 발현되지 못한다.

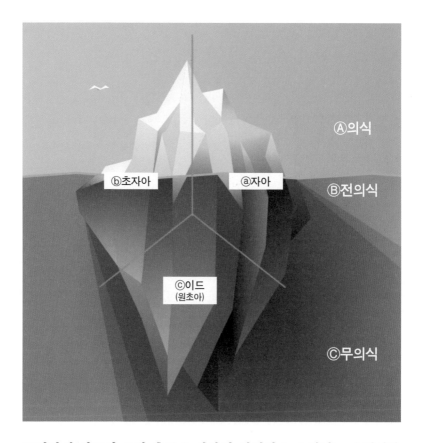

그렇기에 이드의 소망 충족은 자아의 검열이 느슨해지는 수면시간에 시도된다.

하지만 이마저도 들킬 것을 우려한 이드는 전위와 압축이라는 과정을 통해 소망을 왜곡시킨다. 전위(Displacement)란 중요한 요소는 숨기고 사소한 요소를 강조하는 것이고, 압축(Condensation)이란 한 요소에 여러 개의 요소를 중첩해서 담는 것이다.

마침내 자아를 완벽히 속인 이드는 꿈을 통해 소망을 실현하게 된다.

결국, 프로이트가 꿈에 대해 내린 결론은 다음과 같다.

"꿈은 억압된 소망의 위장된 충족이다."

정신분석학의 창시자이자 〈타임〉지가 선정한 20세기 최고의 영향력 있는 인물, 지그문트 프로이트.
〈꿈의 해석〉은 프로이트의 저서들 중 가장 중요한 책이며 인류사 불후의 명저로 꼽히는 정신분석의 고전이다.

"코페르니쿠스 이후 인간은 우주의 중심이 아니었고, 마르크스 이후 인간은 역사의 중심이 아니었다. 프로이트는 우리의 의식이 인간의 중심이 아님을 보여주었다." —루이 알튀세르(프랑스 철학자)

서양철학이 지금까지 인간의 가장 뛰어난 특성으로 다루었던 것은 사고하고 성찰하는 능력과 합리성, 그리고 인간의 의식이었다. 그런데 프로이트는 의식은 단지 빙산의 일각일 뿐이며 무의식이야말로 우리들의 전체 사고와 감정을 규정하는 우리 정신의 본질적 측면이라고 주장했다.
'무의식'이라는 드넓은 신대륙을 발견한 프로이트. 인간 존재 탐구의 새로운 이정표를 마련한 그가 말한다.

무의미해 보이는 꿈조차도 수많은 의미로 가득 차 있다.
한 사람의 꿈을 해석한다는 것은 그의 삶을 읽어내는 것이다.

작품 속 명문장

아이들이 생각하는 죽음은 어른들이 생각하는 죽음과는 완전히 다르다. 아이들은 사멸의 공포나 두려움을 잘 모른다. 그래서 죽음이라는 말로 장난도 쉽게 치고 또래 친구를 겁 먹일 때 쓰기도 한다. 여덟 살짜리 아이라면 자연사 박물관을 구경한 다음 집에 와서 엄마한테 이렇게 말할 것이다. "엄마, 난 엄마가 너무 좋아서 나중에 엄마가 죽으면 매일 볼 수 있게 박제해서 내 방에 놓아둘 거야!" 죽음에 대한 아이들의 생각은 어른들과 달라도 너무 다르다. 더군다나 임종 경험이 없는 아이들에게 죽음이란 '어디론가 떠나서 살아있는 사람을 더는 귀찮게 하지 않는다' 정도의 뜻밖에 없다. 그래서 실제로 어머니가 죽었을 때도 아이들은 처음에 어머니를 잊은 것처럼 행동한다. 그런 시간이 지나고 나서야 어머니의 죽음을 받아들이고 어머니를 기억 속에 담아둔다.

8장 행복한 공동체 만들기, '정치·경제·사회'

군주론 _ 니콜로 마키아벨리

범죄와 형벌 _ 체사레 베카리아

목민심서 _ 정약용

"군주는 사랑받는 것보다 두려움의 대상이 되는 것이 낫다."

〈군주론〉 중에서

25
군주론
The Prince, 1513

근대 정치학의 초석(礎石)이 된 책

니콜로 마키아벨리
Niccolò Machiavelli, 1469-1527, 이탈리아

교황 알렉산데르 6세의 사생아로, 15세기 말에서 16세기 초 사이에 사분오열된 이탈리아를 쥐락펴락했던 시대의 풍운아 체사레 보르자. 18세에 추기경이 된 그는 교황군 사령관, 로마냐 공국 군주 등의 권세를 누리다 31세에 유배지 에스파냐에서 전투 중 사망했다.

그는 로마냐 공국이 시민들의 반란으로 혼란에 빠지자 심복 레미로 데 오르코를 보내 잔인하게 진압했다. 사태가 안정을 찾은 후 시민들이 레미로 데 오르코를 증오하자 시민들 앞에서 자신의 심복을 처형함으로써 증오심을 해소시키는 동시에 자신에 대한 두려움도 갖게 만들었다. 그리고 이에 안심한 반란 주동자들이 화해를 위해 모이자 그들을 전원 살해했다.
목적을 위해 수단을 가리지 않은 효웅(梟雄)*. 그는 마키아벨리즘의 모델이 된다.

• 사납고 용맹스러운 인물이라는 뜻.

당시 이탈리아는 교황청과 프랑스, 에스파냐 그리고 신성로마제국의 각축장이었다. 30여 군소 도시국가로 갈려 이합집산을 거듭한 탓에 민초들은 고난에 시달렸다.

가난한 공증인의 장남으로 태어나 피렌체 공화국에서 18년간 외교관으로 활약한 마키아벨리. 외세의 침략과 혼란에서 조국의 안정과 번영을 이끌 강력한 지도자를 찾던 그는 1502년 피렌체 사신 자격으로 3개월간 로마에 머물던 중, 반란을 일으킨 용병대장들을 제압하는 체사레 보르자의 책략에 깊은 인상을 받았다. 혼란과 무질서로 인한 희

생을 막기 위해선 잔인함과 교활함, 과감성이 군주에게 필요한 덕목
이라는 것을 인정하게 된 것이다.

1512년 스페인의 공격으로 피렌체 공화국이 무너지고 메디치 가문
이 재집권하면서 공직에서 떨려난 그는 메디치 가문의 전성기를 일
군 로렌초 메디치를 위해 지도자론인 〈군주론〉을 집필한다.

> 군주는 국가의 안정과 번영을 위해서라면 종교나 도덕에 반
> 하는 통치행위도 과감히 행해야 한다.

국제무대에서 외교사절로 활약한 경험과 관찰을 바탕으로 쓴 〈군주
론〉은 정치의 이상과 현실, 그리고 정치와 윤리를 철저하게 구분한
다. 마키아벨리가 꼽은 군주의 자질은 여우의 간계와 사자의 용맹.

함정을 알아차리기 위해서는 여우가 될 필요가 있으며, 늑대를 물리치려면 사자가 될 필요가 있다.

체사레에 대한 평가 역시 당연히 후하다.

그의 가혹한 조치들 덕분에 로마냐의 질서가 회복되었으며, 평화롭고 충성스런 지역으로 바뀌었다. 군주는 사랑받는 것보다 두려움의 대상이 되는 것이 낫다. 혼란을 방치해 살인과 약탈이 넘치게 하는 지도자보다는 몇 명을 희생시켜 안정을 확보하는 지도자가 결과적으로 더 자비로울 수 있다.

정치 논리와 도덕 논리는 서로 다른 것임을 직시한 마키아벨리. 정치의 냉혹한 원리를 추구한 그는 이 책으로 근대 정치학의 아버지라 불리게 되었다.

피렌체 우피치 미술관 회랑에 있는 마키아벨리 동상

〈군주론〉은 '더 큰 도덕을 위한 부도덕'을 주장했기에 오랫동안 푸대접을 받았다. 교황 파울루스 4세는 1559년에 "그리스도교도에게는 적당치 않다"며 금서로 지정했고, 프로이센의 계몽군주 프리드리히 2세는 "정치가에게 악덕을 권하는 책"이라 비난했다.

프리드리히 2세

그러나 〈군주론〉은 단순히 도덕의 잣대로만 평가할 수 없다. 18세기 이후 이 책에 대한 평가가 달라졌고, 조국의 암담한 현실을 타개하기 위한 애국자의 고심이 담긴 '위기의 정치학'으로 인정받게 되었으며, 나아가 근대 정치학을 연 역작으로 자리매김하게 되었다.

마키아벨리의 말년은 불우했다. 재등용되기를 희망하며 로렌초 메디치에게 이 책을 헌정했으나 그는 들춰보지도 않았고, 하급 공무원으로 어렵게 지내던 마키아벨리는 실의에 빠져 세상을 떠났다. 그러나 〈군주론〉은 훗날 빛을 발해, 역사를 바꾼 걸작이 되었다.
시대를 잘못 만난 비운의 사상가 마키아벨리가 말한다.

군주는 백성들의 안정과 평화로운 삶을 위해
필요할 때는 능숙한 사기꾼이나 위선자도 될 수 있어야 한다.

작품 속 명문장

군주는 모름지기 나라를 지키는 일에 양심을 원칙대로 따르는 것이 어렵다는 것을 알고 있어야 한다. 나라를 지켜내려면 때로는 배신도, 잔인해지는 것도 불사해야 한다. 인간성을 포기해야 할 때도, 신앙심을 내려놓아야 할 때도 있다. 그러므로 군주에게는 상황에 따라 유연하게 처신하는 임기응변이 필요하다. 할 수 있다면 착해져라. 하지만 필요할 때는 얼마든지 사악해져라. 군주의 가장 중요한 임무는 나라를 지키고 번영시키는 것. 일단 그것만 완수한다면 중간에 어떤 과정을 거쳤든 칭송받을 것이며 위대한 군주로 남을 것이다.

"고문은 수치스럽게 진실을 발견하는 방법이다."

〈범죄와 형벌〉 중에서

26
범죄와 형벌

On Crimes and Punishments, 1764

전근대적 형벌체계와 맞서 싸운 18세기 이성의 상징

체사레 베카리아
Cesare Beccaria, 1738-1794, 이탈리아

1761년 유럽 전체를 뒤흔든 '칼라스' 사건.

장 칼라스 가족은 가톨릭으로 개종한 장남을 제외하고 모두 프로테스탄트였다. 어느 날, 가톨릭 신자인 장남 마르크앙투안이 목을 매 자살한 채로 발견된다. 그러자 대부분 가톨릭 신자였던 시민들은 프로테스탄트인 가족들이 장남을 죽인 것이라고 주장한다.

프로테스탄트를 박해하던 시대였기에 판사는 가족들을 모두 체포해
가혹한 고문을 가한다. 칼라스를 제외한
나머지 가족들은 고문을 이기지 못하고
허위자백을 한 뒤 가톨릭으로 개종
하기에 이른다. 그러나 끝까지 범
행을 부인한 아버지 장 칼라스에
게는 결국 사형이 선고되었고, 그
는 끔찍한 거열형*을 받은 후 교수
대에서 처형된다.

사건은 이렇게 일단락되는 듯 했으나
프랑스 계몽사상가 볼테르는 이 사건의 판
결 과정에서 잔인한 고문과 종교적 광기의 흔적을 발견한다. 볼테

• 車裂刑. 팔과 다리를 각각 다른 수레에 매고 수레를 끌어서 죄인을 찢어서 죽이는 형벌.

르는 끈질긴 재조사를 통해 장남의 사인(死
因)이 자살이었다는 최종판결을 이끌어낸
다. 장 칼라스는 사후 3년이 지나서야 아들
을 죽인 아버지라는 오명을 벗고 무죄를 인
정받게 된 것이다.

체사레 베카리아

이탈리아의 젊은 형법학자 체사레 베카리
아는 칼라스 사건에 관심을 가졌다. "오늘날
유럽에서 법의 이름으로 통용되는 것은 무엇인가?"
그의 대답은 "야만"이었다. 법은 자유로운 사람 간의 대등한 계약이
어야 마땅하지만 당시의 법은 소수의 욕망을 채우는 도구에 불과했다.
그는 '법이란 무엇인가'에서 더 나아가 '법이란 무엇이어야 하는가'
를 묻는다.

"법률 없이는 범죄도 없고, 형벌도 없다."

형벌은 오직 법률을 통해서만 규정할 수 있으며, 법관은 법규를 적용할 권한은 있어도 그것을 해석할 권리는 없다는 '죄형법정주의'를 주장한다. "재판관이 판결하기 전에는 누구도 유죄라고 할 수 없다"는 '무죄추정의 원칙' 또한 포함된다.

그렇다면, 형벌의 목적은 무엇인가? 베카리아는 형벌의 일차적 목적이 범죄로 인해 손상된 사회 전체의 선(善)과 이익을 회복하는 데 있다고 본다. 또한 베카리아는 범죄를 예방하는 가장 효과적인 방법은 형벌의 잔혹성에 있지 않고 확실성에 있다고 주장한다. 그리고 이러한 주장은 고문 폐지와 사형 폐지 논의로 이어진다.

> 고문은 진실의 수치스러운 발견 방법이며 야만적인 시대의 법적 잔존물이다. 사형은 폭정(暴政)의 가면이자 개인에 대한 국가의 폭력이다.

인도적이고도 합리적인 법률에 대한 강력한 촉구, 억측과 편견으로 죄를 몰아가는 야만적 형벌제도에 대한 정면반박. 이것이 18세기 유럽을 뒤흔든 인권장전, 〈범죄와 형벌〉의 핵심이다

자크 루이 다비드, 〈테니스 코트의 서약〉(1789)

프랑스 계몽사상의 영향을 받은 26세 청년 체사레 베카리아의 〈범죄와 형벌〉. 근대 형법학을 형성하는 데에 직접적인 영향을 미쳤으며 유럽의 형벌 개혁운동을 촉발시킨 문제작이다.

밀실 재판, 고문에 의한 자백, 가혹한 형벌, 권력자가 범죄와 형벌을 마음대로 정하는 죄형전단주의(罪刑專斷主義) 등이 공공연히 자행된 18세기 유럽 형사사법을 통렬히 비판하며 '형법과 형벌의 계몽적 인도주의'를 선포했다.

프랑스의 계몽주의 사상가 볼테르는 베카리아를 "한 권의 탁월한 책으로 유럽을 깨우친 따뜻한 천재"라 극찬했고, 프러시아의 계몽군주 프레데릭 2세는 이 책이 너무 완벽해서 "형법 분야에서 더 이상 보탤 것이 없을 정도"라 감탄했다.

볼테르(1694-1778)

이 책이 출간된 지 250년이 지난 지금, 우리는 법 앞에 평등한가? 우리의 형벌은 타당하고 이성적인가? 잔혹한 전근대적 형벌체계에 맞서 싸운 18세기 이성의 상징, 체사레 베카리아가 말한다.

"가장 좋은 법은 행복을 극대화하고 불행과 고통을 최소화시키는 것이다."

작품 속 명문장

자고로 국가는 개인의 사사로운 충동에 휘둘려서는 안 되고 오히려
충동을 차분히 가라앉히는 조정자가 되어야 한다. 이러한 국가에서
도대체 극도의 잔혹성이 무슨 필요가 있단 말인가? 이유 없는 잔혹성
은 미친 격정을 발산하는 수단이거나, 무능한 폭군이 폭력을 자행하
는 도구일 뿐이다. 고문받는 자가 내지르는 처참한 비명이 시계태엽
을 도로 감아 이미 저지른 일을 없던 일로 만들기라도 한단 말인가?

"벼슬살이의 요체는 '두려워 할 외(畏)' 한 자뿐.
백성을 두려워하라!
수령은 객이요, 저 백성이 주인이다."

〈목민심서〉 중에서

27
목민심서

牧民心書, 1818

QR

다산 정약용의 대표 역작! 호찌민도 가슴에 품고 다닌 최고의

정치지침서

다산 정약용
茶山 丁若鏞, 1762-1836, 한국

여기 18년에 이르는 유배생활의 고통과 역경을 학문
연구와 저술활동, 그리고 제자 교육으로 승화시킨 이
가 있다. 한국의 대표적인 실학자, 다산 정약용.

그는 57세에 가까스로 유배에서 풀려난 뒤 고향 마현*으로 돌아와, 쇠약해진 몸과 마음을 추스르며 자신의 삶과 학문을 정리한다. 그리고 마침내 총 48권 16책으로 구성된 방대한 책 〈목민심서〉를 세상에 내놓는다.

• 현재의 경기도 남양주시 조안면.

〈목민심서〉는 강진의 유배지에서 쓴 다산의 대표적인 저작으로, 지
방의 목민관으로서 백성을 다스리는 요령과 본보기가 될 만한 내용
을 체계적으로 정리한 책이다. '목민(牧民)'이란 벼슬아치가 백성을
다스리는 것을 말하는데 목자가 힘없고 약한 양떼를 돌보듯 백성을
돌보는 것을 뜻하며, '심서(心書)'란 백성을 돌보는 수령이 마음속 깊
이 새겨 실천해야 하는 글이라는 의미다.

이 책의 미덕은 유교사상이 지배하던 당시 사회를 '관(官)'의 입장이
아닌 '민(民)'의 눈으로 보고 정치와 행정의 개혁을 요구했다는 데 있
다. 더 나아가 정약용은 백성을 단순한 통치 대상으로 보지 않고 나라
가 존립하는 중요한 바탕으로 본다.

나라가 있고 정치가 있는 목적은 어디까지나 백성을 잘 살게 하기 위한 것이니, 만일 백성이 못살게 된다면 나라나 정치는 곧 그 가치를 상실하게 되는 것이다.

따라서 관리들이 지켜야 할 윤리는 충효와 같은 상향윤리가 아니라 어버이의 자식 사랑 같은 하향윤리가 되어야 한다고 강조한다.

백성을 다스리는 것은 병을 치료하는 것과 같으니 백성 보살 피기를 아픈 사람 돌보듯 하라.

〈목민심서〉에서 강조하는 백성을 대하는 목민관의 태도는 여섯 가지로 요약할 수 있다.

① 애민(愛民): 백성을 사랑해야 한다.
② 위민(爲民): 백성을 위해 복무해야 한다.
③ 균민(均民):백성을 공평하게 대해야 한다.
④ 양민(養民): 백성을 제대로 부양해야 한다.
⑤ 교민(敎民): 백성을 올바르게 가르쳐야 한다.
⑥ 휼민(恤民): 굶주린 백성을 구제해야 한다.

목민심서 정약용

한 가지 흥미로운 점은 목민관이 특별히 보
살펴야 할 대상으로 사회적 약자에 해당하는
불쌍한 백성들을 꼽고 있다는 점이다. 그는
훌륭한 목민관이라면 '4궁(窮)', 즉 홀아비와
과부, 고아, 독거노인을 구제하는 데 힘써야
한다고 강조했다.

정치의 본령은 보살핌의 정치라며 그 실천방안을 제시하는 한편, 당
대의 실상과 병폐를 거침없이 비판한 정약용. 그는 백성, 즉 국민을
국가와 정치의 중심에 놓았던 시대의 선각자다.

**벼슬살이의 요체는 '두려워 할 외(畏)' 한 자뿐. 백성을 두려워
하라! 나, 즉 수령이라는 사람은 객(客)이요, 저 백성들은 주
인(主人)이다.**

대표적인 한국의 실학자 다산 정약용의 〈목민심서〉.

'베트남의 국부'로 존경받는 호찌민은 이 책을 늘 가슴에 품고 다니며 즐겨 읽었고, 자신이 죽으면 머리맡에 〈목민심서〉를 놓아달라는 유언도 남겼다고 한다.

호찌민(1890-1969)

"다산 선생님 한 사람에 대한 고구(考究)*는 곧 조선사의 연구요, 조선 심혼의 명예(明銳)** 내지 전 조선의 성쇠존망에 대한 연구다."
―위당 정인보(한국 한학자이자 역사가)

정약용은 아버지 정재원의 목민관 치적, 자신의 관리 경험, 18년 유배생활에서 얻은 성찰, 그리고 중국과 조선의 방대한 역사적 자료를 바탕으로 이 책을 저술했다. 또한 그는 실학을 통해 성리학의 한계를 극복하려고 노력했으며 연암 박지원과 함께 근세의 빗장을 처음으로 열어젖힌 대표적인 선각자였다.

• 자세히 살펴 연구함.
•• 똑똑하고 분명함.

"다산은 조선 후기 공허한 이론에 치우친 성리학을 극복하기 위해 중국과 일본의 경학(經學)* 연구와 서구의 천주교 및 과학사상까지 흡수한 매우 특징적인 동아시아 유학자다." ─정지슝(鄭吉雄, 타이완 대학교 교수)

시대를 앞서는 안목과 식견을 가지고 낮은 곳을 바라보며, 백성을 주인으로 섬기는 진정성 있는 정치의 길을 제시한 다산 정약용. 그가 말한다.

"군자의 공부는 수신(修身)이 그 반이요, 나머지 반은 목민(牧民)이다."

• 유교 경서(經書)의 뜻을 해석하는 학문.

작품 속 명문장

성인(聖人)이 난 지 오래고 그 도(道)가 어두워지매, 오늘날 목민관들은 오직 거둬들이는 데만 급급하고 백성을 어떻게 부양해야 하는가에 대해서는 알지 못한다. 이 때문에 백성들은 여위고 곤궁하고 병까지 들어 구렁텅이에 차고 넘치도록 줄줄이 넘어져 있건만, 벼슬하는 자들은 좋은 옷 입고 기름진 음식 먹으며 자기만 살찌고 있으니 어찌 슬프지 않으랴!

9장 '철학', 멋진 인생을 가꾸는 힘

정신현상학 _ 게오르그 헤겔

의지와 표상으로서의 세계 _ 아르투어 쇼펜하우어

도덕과 종교의 두 원천 _ 앙리 베르그송

"인간의 '의식'은 어떻게 '정신'으로 성장해 '진리'에 이르는가?"

〈정신현상학〉 중에서

28
정신현상학

Phenomenology of Spirit, 1807

세계 철학사상 가장 난해한 동시에 가장 위대한 책

게오르크 빌헬름 프리드리히 헤겔
Georg Wilhelm Friedrich Hegel, 1770-1831, 독일

오라스 베르네, 〈프리드란드 전투의 나폴레옹〉(1867)

나폴레옹 군대가 독일 예나에 입성하던 1807년 10월의 어느 밤, 세계 철학사상 가장 난해하지만 사상적으로 가장 탁월하다고 평가받는 불후의 철학서 한 권이 탄생한다.

칸트 철학을 계승한 독일 관념론*의 대성자로 모든 사물의 전개를 정(正)—반(反)—합(合)의 3단계로 나누는 변증법을 창시한 독일의 대표철학자 헤겔. 그가 37세의 젊은 나이에 완성한 〈정신현상학**〉은 인간의 '의식'이 어떤 경험을 통해 스스로를 깨닫고, '정신'이라는 목표지점에 도달하며, 어떻게 온전한 자유를 찾게 되는지를 설명한 책이다.

1. 의식, 그리고 정신이란 무엇인가?

'의식'이란 인간이 어떤 한 대상을 인지하는 것. 예컨대 꽃을 바라보고 꽃에 대해 생각하는 것이 의식이다. 그렇기에 꽃 자체는 '객관'이지만 꽃에 대한 의식은 '주관'이라 할 수 있다.

그런데 이 의식은 인식이라는 활동을 통해 한 가지 목표를 추구한다. 그 목표는 자신이 생각하는 것(주관)과 대상의 본질(객관)을 일치시키는 것. 이렇게 주관과 객관이 완벽하게 통일된 상태, 즉 '진리'에 도달한 의식 상태를 헤겔은 '정신(Spirit)'이라 불렀다.

2. 의식은 어떻게 정신으로 성장하는가?

헤겔은 의식의 성장과정을 세 단계로 나눠 설명한다.

* 관념론: 마음, 정신, 의식에 중점을 둔 철학.
** 현상학: 보고 체험하고 직관하는 의식구조를 파헤치는 방법론적 학문.

Ⓐ 의식(Consciousness)

이 단계의 인간은 동물적이다. 눈앞에 보이는 것만 믿는 감각적 확신을 가지고 세상을 바라본다. 캄캄한 하늘을 보고 밤이라 지각(Perception)하기 시작한다. 그리고 시간이 지남에 따라 밤과 반대인 낮

을 보면서 밤과 낮의 관계를 파악하고 세상의 인과관계를 발견하는 오성(Understanding)* 단계에 올라서게 된다.

Ⓑ 자기의식(Self-Consciousness)

이 단계의 인간은 비로소 자신을 알기 시작한다. 반대편에 서 있는 상대를 보며 생명을 지닌 나를 알게 되는 것이다. 하지만 상대를 나와 같은 자의식을 지닌 인간으로 생각하지는 않는다. 그래서 문제가 발생한다.

나는 점차 나의 목적을 달성하기 위해 상대를 노예로 부리려고 한다. 하지만 웬걸, 상대도 나를 노예로 삼겠다고 달려든다. 그래서 노예가 아닌 주인으로서 인정받기 위한 목숨을 건 '인정 투쟁'이 시작된다. 그리고 이 투쟁에서 진 자는 노예가 되고 이긴 자는 주인이 된다. 주인은 과연 진정한 자유를 얻었을까?

여기서 주인과 노예의 변증법적 반전이 일어난다. 노예에게 노동을 맡기고 자유를 즐기던 주인은 노예에게 점점 의존하게 되고, 반면 노예는 노동을 통해 주인의식을 획득하게 되면서 주인과 노예의 의식 상태는 역전되기 시작한다. 결국 두 사람 모두에게 진정한 자유는 주어지지 않는다.

그렇다면 어떻게 해야 우리의 의식이 진정한 자유를 누리게 될까?

ⓒ 자기의식의 완성(Absolute Knowledge)

이렇게 엄청난 투쟁 과정을 겪어낸 후 노예와 주인은 비로소 '나는 곧 우리'임을 깨닫게 되고 서로를 인정하고 존중하는 길만이 진정한 자유를 얻는 길임을 알게 된다. 인간이 자기의식을 완성하고 드디어 '정신'에 도달한 것이다.

• 悟性. 사물을 보편적으로 파악할 수 있는 지성.

산업혁명, 프랑스 혁명, 나폴레옹의 흥망성쇠를 목격했던 헤겔. 그래서 그의 철학은 철저히 현실적이었고 역사의 흐름이 담긴 거대한 서사였다.

인간 개개인부터 우주 삼라만상에 이르기까지 모든 것이 타자와의 상호 의존과 인정을 필요로 한다는 초개인적 공동체 의식을 바탕으로 시대의 분열과 대립과 모순을 극복하려 했던 철학자. 생명의 변증법적 운동을 통한 인간 정신의 본원적 회복을 추구한 헤겔이 우리에게 묻는다.

당신의 의식은 지금 어떤 단계에 있는가?
당신은 '내가 곧 우리'라는 우주적 진리에 도달했는가?

루이 프랑수와 르죈, 〈모스코와의 전투〉(1822)

작품 속 명문장

　　　　　　　　　　　　　.

지금 우리의 시대가 새로운 탄생의 시대이자 새로운 시기로 옮겨가는 전환의 시대라는 건 쉽게 알 수 있는 사실이다. 정신은 지금까지의 낡은 질서와 사고방식을 끊어내어 이를 과거의 저편에 깊이 묻어두고, 이제 바야흐로 새롭게 탈바꿈하려는 중이다. 진실로 정신은 한시도 쉬지 않고 전진의 물결을 따라 중단 없이 걸어왔다. 그러나 지금은 오랜 기간 말없이 뱃속에서 자양분을 빨아들이며 차츰 성숙해온 태아가 불현듯 최초의 숨을 끌어 모아 질적 도약을 이루며 신생아로 이 세상에 나오는 것처럼, 새로운 변화를 향해 천천히 그리고 조용히 무르익어온 우리의 정신도 과거 세계의 낡은 틀을 하나씩 허물어버리고 있다.

"우리 의식이 의지와 욕망으로 가득 차 있는 한
우리는 결코 행복이나 평화에 이르지 못한다."

〈의지와 표상으로서의 세계〉 중에서

29
의지와 표상으로서의 세계

The World as Will and Representation, 1818

QR

"나는 이 책에서 유배지와 안식처, 지옥과 천국을 보았다." ─니체

9장 '철학', 멋진 인생을 가꾸는 힘

아르투어 쇼펜하우어
Arthur Schopenhauer, 1788-1860, 독일

프랑스의 항구도시 툴롱*. 병기공장 안 노예들이 사슬에 묶인
채 힘겨운 노동을 하고 있다. 이런 불행한 노예들의 운명은 사
형선고를 받는 것보다 훨씬 참혹한 것 같다.

쇼펜하우어가 16세에 쓴 여행일지의 한 대목이다.
부처가 일찍이 생로병사의 고통을 직시했던 것처럼 자신도 이 노예
선을 목격한 소년시절에 인간 삶의 비통함을 깨달았다고 쇼펜하우어
는 회고했다. 우리 모두가 노예와 다를 바 없는 불행한 존재라는 것을
그 이른 나이에 알아버린 것이다.

• Toulon. 프랑스 프로방스 지방에 있는 지중해 연안도시.

이러한 철학적 고뇌는 그가 청년이 되었을 때 한 권의 책으로 결실을 맺는다. 염세주의적 세계관을 제시하면서 동시에 염세주의를 벗어나는 철학적 방법을 찾으려 한 책, 〈의지와 표상으로서의 세계〉. 헤겔을 중심으로 한 이성철학의 시대에 그는 '의지의 철학'을 새롭게 선보였다. 우주의 본질이자 이 세계를 끌고 가는 근원적 힘은 무엇일까? 쇼펜하우어가 찾은 답은 바로 "의지"다.

우리의 신비로운 내면세계 속에서 자기 자신을 움직이는 '의지'가 이성이나 판단력 등의 지적 능력을 발동시키고 있다는 데에 주목해야 한다. 이것이 우리를 밀어주는 힘이다.

인간이 인식할 수도 이해할 수도 없는 힘, 의지. 자연에서는 물리적 화학적인 힘으로 나타나고, 생물체에게서는 자기보존과 종족보존의 충동으로 나타나며, 특히 인간에게서는 이에 더해 모든 개별적 활동을 통해 나타난다.

쇼펜하우어는 우리가 하고 있는 모든 의식과 사유, 이성 활동을 '의지'의 일환이라고 보았고 의지가 발현할 때 나타나는 모든 현상을 '표상'이라 불렀다. 따라서 우리가 만나는 모든 이성적 현상들도 하나의 '표상'에 불과하다고 본 것이다.

그렇다면 그는 어떻게 이성철학의 시대 한가운데서 의지로 눈을 돌리게 되었을까?

그는 의지와 우리 신체 사이의 관계에 주목했다. 우리가 몸을 통해 경험하는 배고픔과 목마름, 성적 욕구, 그 외 모든 열망과 충동을 살펴본 결과 그것은 모두 의지의 활동인 것을 알게 되었다. 먹고 싶다는 의지, 마시고 싶다는 의지, 갖고 싶다는 의지…….

내가 하는 모든 활동이 의지의 산물인 것을 확인하면서 나뿐 아니라 다른 사람들도 모두 의지의 표상이라는 것을 추론하고, 나아가 세계와 우주 전체의 본질이 의지라는 것을 알게 된 것이다.

쇼펜하우어는 이 우주를 이끌고 가는 모든 힘을 "생(生)에 대한 맹목

적 의지"라고 말한다. 여기서 생(生)이라는 것은 '살아있음'이며 생에 대한 의지는 생존(生存)과 보존(保存)에 대한 의지다.

그런데 왜 맹목적일까? 생의 의지는 아무런 근거도, 원인도, 동기도 없이 발생하기 때문이다. 그래서 삶에 대해 우리가 추구하는 모든 것은 지성의 산물이라기보다 맹목적이고 근원적인 의지에 의한 것이다.
그런데 이 의지는 만족을 모른다. 더구나 이것이 생존과 보존을 위한 의지이기에 그 욕망을 충족하려는 개체들 사이에 투쟁을 불러일으킨다. 그래서 자연 전체는 거대한 투쟁의 장이 되고 거기서 근원적 고통이 발생한다.

그래서 쇼펜하우어는 이 세계가 의지의 지배를 받는 한, 점점 나빠질 수밖에 없다고 말한다. 더구나 인간은 이러한 근원적 고통 위에 다른 고통까지 추가시킨다. 사라져버린 과거와 아직 오지도 않은 미래를 걱정하고 현재에 만족하기보다는 남과 비교하며 고통을 가중시킨다.

우리 의식이 의지로 가득 차 있는 한, 우리가 의지의 수많은 욕망들에 몰두하는 한, 우리는 결코 지속적인 행복이나 평화 에 도달하지 못한다.

그렇다면 어떻게 해야 이 고통에서 벗어날 수 있을까? 쇼펜하우어가 권하는 것은 금욕(禁慾)과 고행(苦行). 삶의 고통을 벗어나는 궁극적인 길이 의지를 진정시키고 최소화시키는 데 있다고 보았기 때문이다.

그는 의지의 발동을 막기 위해 세 가지 금욕적 고행을 제시하는데, 즉 식욕을 억제하고 검소하게 하는 조식(粗食), 종족 번식 욕구를 억제하는 정결(貞潔), 탐욕을 억제하는 청빈(淸貧)이다.

그리고 우리에게 도덕을 거쳐 종교의 경지로 나아가라고 말한다. 그리스도교에서 말하는 은총, 불교에서 말하는 해탈의 경지 등 이런 신비스러운 상태에 이르러야만 고통으로부터 완전한 구원을 누릴 수 있다고 역설한다.

이 세상에 고통이 존재하는 근원적 이유와 그 고통으로부터 자유로워지는 길을 제시한 책.

19세기 유럽의 낙관주의적 이성철학을 뒤집은 쇼펜하우어의 '의지철학'은 긴 시간 외면당했지만, 니체에게 철학의 문을 열어주었고 비트겐슈타인에게 영감을 주었으며 프로이트에게는 자신의 선구자로 불렸을 정도로 철학과 심리학, 정신분석에 지대한 영향을 미친다.

비트겐슈타인(1889-1951)

염세주의자로 알려졌지만 행복을 인생의 가장 큰 목표로 본 철학자, 쇼펜하우어. 물질적으로 가장 풍요로우나 정신적으로는 가장 궁핍한 시대에 살고 있는 현대인에게 그가 말한다.

우리의 욕구와 속박을 벗어나면 고귀한 평화가 느닷없이 나타난다. 그리고 그 순간 우리는 불행한 의지의 억압에서 해방된다.

작품 속 명문장

우리는 매 순간 죽음과 싸우고 있다. (…) 결국은 죽음이 이길 것이다. 이것은 틀림없다. 우리는 이 세상에 나올 때부터 이미 죽음에 사로잡힌 몸이었으며, 죽음은 자신의 손아귀에 든 것을 먹어치우기 전에 잠시 가지고 놀고 있을 뿐이다. 그 사이를 틈타 우리는 생(生)에 지대한 관심을 기울이고 아주 치밀하게, 가능한 한 길게 이것을 이어가려고 애쓴다. 마치 비눗방울이 조만간 터질 것을 알면서도 되도록 오래, 그리고 커다랗게 부는 것처럼.

"이제 끝인가 싶을 때, 인간은 언제나 반대쪽을 돌아본다.
그곳엔 도덕과 사랑의 영웅들이 있다."

〈도덕과 종교의 두 원천〉 중에서

30
도덕과 종교의 두 원천

The Two Sources of Morality and Religion, 1932

이성의 한계를 극복하는 '사랑'과 '박애'

앙리 베르그송
Henri Bergson, 1859-1941, 프랑스

프랑스 한림원

'생명의 철학자'로 불리며 20세기 초 프랑스 철학을 대표한 앙리 베르그송.

최고 권위를 자랑하는 프랑스 한림원의 회원이었던 그는 레지농 도뇌르 훈장을 받고 노벨문학상을 수상(1927년)하는 등 철학자로서는 드물게 살아있는 동안 큰 영예를 누렸다. 이를 가능하게 한 것은 1907년 발표한 〈창조적 진화〉다.

이 책에서 그는 생명철학의 기본모토를 제시했는데, 즉 "우주의 창조적인 생성과 변화는 생명의 약동(élan vital)이라는 잠재적 힘에 의해 일어나며, 이 세상은 그 생명과 창조가 자유롭게 지속되는 무대"라는 것이다.

하지만 그로부터 25년 뒤인 1932년, 생명의 철학을 주장하던 그는 돌연 인간의 이기적 본성과 이것이 인류의 미래에 미칠 파장을 우려하는 책 〈도덕과 종교의 두 원천〉을 세상에 내놓는다.

그가 침묵했던 25년 동안 도대체 무슨 일이 있었던 걸까?
1914년 발발한 1차 세계대전, 그것은 인간이 만들어낸 죽음의 굿판
이었다.

인류는 스스로 일궈놓은 진보의 무게에 반쯤 짓눌려 신음하
고 있다. 인류는 자신이 계속 살기를 원하는지 검토한 뒤, 단
순히 살아남기를 원하는지 아니면 인류의 본질적 기능을 수
행하기 위해 필요한 노력을 쏟아 부울 것인지를 스스로 물어
야 한다.

1차 세계대전을 통해 인간의 극단적 잔인성과 공포를 체험한 그는, 유네스코의 전신인 국제협력위원회 의장으로서 평화운동에 적극 참여한다. 그러나 그런 노력에도 불구하고 다시 2차 대전의 조짐이 나타나자 그는 인류가 나아갈 방향에 대해 철학자로서 냉철한 질문을 던진다.

인류 역사상 기술과 학문의 발전이 최고조에 달한 지금, 어째서 인류에게는 전쟁과 파괴의 본능이 여전히 남아 있는 걸까?

이렇게 현실의 벽에 좌절했던 그는 철학자가 할 수 있는 최선의 방식을 선택한다. 도덕과 종교라는 두 원천을 통해 인류에게 각성하라는 메시지를 보내기로 한 것이다. 그는 사람들이 자신이 속한 사회의 보존과 이익만을 추구하는 '닫힌 사회' 속에 갇혀 있는 것에서 문제의 발단을 찾았다. 그리고 그 해결책으로 보편적 인류애와 포용력을 지닌 '열린 사회'를 제시한다.

그렇다면 어떻게 해야 '닫힌 사회'에서 '열린 사회'로 나아갈 수 있을까? 그는 한 사회를 이끄는 두 가지 원천, 즉 도덕과 종교가 변화할 때 비로소 가능하다고 보았다.

① '억압의 도덕'에서 '열망의 도덕'으로

도덕에는 억압의 도덕과 열망의 도덕이 있다. 억압의 도덕은 자기보존만을 겨냥하는 사회가 추구하는 것이다. 그래서 억압의 도덕은 제2차 세계대전 중의 나치나 모든 제국주의가 그랬던 것처럼 특정 사회의 유지와 번영만을 위해 의무를 강제한다. 하지만 그것은 집단이기주의일 뿐이며 그래서 전쟁도 서슴지 않는다.

하지만 열망의 도덕이라는 것도 있다. 그것은 인간의 이기심을 넘어서 인류애를 지향하는 도덕이다. 그리스의 현인들, 불교의 아라한들, 기독교의 성자들을 보라! 그들은 특정국가나 사회의 보존만을 원하는 상대적 도덕률과 폐쇄성을 넘어서 인류에 대한 보편적 사랑을 실천한다.

그들이야말로 바로 도덕적 영웅들이고 그 도덕적 영웅들의 삶을 보며 우리는 감동하는데, 그 감동에서 '열망의 도덕'이 나온다. 그들의 실천을 우리도 자발적으로 따르고자 하기 때문이다.

영웅은 설교하지 않는다. 그는 다만 자신의 모습을 드러내기만 하면 된다. 그리고 그의 현존만으로 다른 사람을 움직이게 하는 것이다.

② '정적 종교'에서 '동적 종교'로

종교는 도덕을 강화한다. 억압의 도덕을 강화시키는 것은 정적 종교며, 열망의 도덕을 강화시키는 것은 동적 종교다. 따라서 정적 종교는 특정사회를 결속하고 존속하기 위해 상벌 규정, 포기에 대한 보상책이나 불행 방지책 등 미신적 현상을 꾸며내고 체계화시키면서 종교를 억압의 수단으로 변질시킨다.

하지만 동적 종교는 인간의 지성을 초월하는 신비한 힘에 의해 단번에 이기주의를 극복한다. 또한 인류애를 지향하며 '열린 사회'를 향해 도약한다. 그리스 디오니소스교나 브라만교, 불교, 기독교처럼. 특히 베르그송은 기독교의 신비주의를 가장 역동적이고 실천적이라고 보았다. 그것이 인류를 근본적으로 변혁하고 인간사회를 진보로 이끌어가는 사랑의 종교이기 때문이다. 결국 인류의 미래를 변화시키는 힘은 열린 사회를 향한 인류 자신의 노력과 결단, 그리고 '생명의 약동'을 '사랑의 약동'으로 바꾸려는 열망에서 비롯될 것이다.

앙리 베르그송

73세 노(老)철학자 앙리 베르그송의 마지막 저서 〈도덕과 종교의 두 원천〉.
그가 인류를 향해 보낸 각성과 희망의 메시지는 오늘을 사는 우리에게도 여전히 유효하다.

"인간이 기계를 만들고, 기계가 생활을 만든다. 일상이 계산으로 움직이면 인류는 작은 합리에 수감된다. 그러나 이제 끝인가 싶을 때, 인간은 언제나 반대쪽을 돌아본다. 그곳엔 도덕과 사랑의 영웅들이 있다."

작품 속 명문장

금단의 열매에 대한 기억은 인류에게도 우리 각자에게도 가장 오래
된 기억이다. 우리가 즐겨 회상하는 다른 기억들에 치이지 않았더라
면 우리는 이 기억을 더 잘 알았을 것이다. 우리가 일찍이 뭐든지 할
수 있도록 방목되었다면 우리는 어떤 어린 시절을 보냈을까? 쾌락 사
이를 맘껏 누볐을 것이다. 그런데 갑자기 볼 수도 만질 수도 없는 장
애물이 우리를 가로막았다. 곧 '금지'다. 우리는 왜 이것에 복종했을
까? 우리는 사실 의심조차 하지 않았다. 그렇게 우리는 부모와 선생
들의 명령에 순종하게 되었다. (…) 세월이 흐른 뒤에야 우리는 그들
의 뒤에 사회가 있음을 깨달았다.

모네상스 '고전5미닛' 전체목록

● 밑줄은 이 책에 수록된 작품

문학

1. 인생이라는 바다 헤쳐가기

그리스인 조르바 니코스 카잔차키스
노인과 바다 어니스트 헤밍웨이
여자의 일생 기 드 모파상
이반 일리치의 죽음 레프 톨스토이
오뒷세이아 호메로스
길가메시 구전서사시
테스 토마스 하디
바람과 함께 사라지다 마거릿 미첼
한 여인의 초상 헨리 제임스
귀향 토마스 하디
나나 에밀 졸라
이름 없는 주드 토마스 하디
백치 표도르 도스토옙스키
미들마치 조지 엘리엇
아메리칸 헨리 제임스
여름 이디스 워튼
파르마의 수도원 스탕달
송강가사 정철
이백시선 이백
두보시선 두보
귀거래사 도연명
오쿠로 가는 작은 길 바쇼
마쿠라노소시 세이 쇼나곤
청구영언 김천택
변신이야기 오비디우스
아이네이스 베르길리우스

2. 사랑에 웃고 정념에 울다

젊은 베르터의 슬픔 요한 볼프강 폰 괴테
백야 표도르 도스토옙스키
오만과 편견 제인 오스틴
무기여 잘 있어라 어니스트 헤밍웨이

안나 카레니나 레프 톨스토이
제인 에어 샬럿 브론테
진달래꽃 김소월
파리의 노트르담 빅토르 위고
동백꽃 여인 알렉상드르 뒤마
간계와 사랑 프리드리히 폰 실러
별 알퐁스 도데
페드르 장 라신
은방울꽃/골짜기의 백합 오노레 드 발자크
새로운 인생 단테 알리기에리
트리스탄과 이졸데 구전서사시
전원 교향곡 앙드레 지드
순수의 시대 이디스 워튼
채털리 부인의 연인 데이비드 허버트 로렌스
닥터 지바고 보리스 파스테르나크
이성과 감성 제인 오스틴
독일인의 사랑 프리드리히 막스 뮐러
카르멘 프로스페르 메리메
베네치아에서의 죽음 토마스 만
개를 데리고 다니는 부인 안톤 체호프
예브게니 오네긴 알렉산드르 푸슈킨
홍루몽 조설근
겐지 이야기 무라사키 시키부
설국 가와바타 야스나리
이선 프롬 이디스 워튼
시라노 에드몽 로스탕

3. 욕망과 광기의 인간들

니벨룽의 노래 구전서사시
일리아스 호메로스
적과 흑 스탕달
모비딕 허먼 멜빌
폭풍의 언덕 에밀리 브론테
살로메 오스카 와일드
마담 보바리 귀스타브 플로베르
위대한 개츠비 F. 스콧 피츠제럴드

미국의 비극　시어도어 드라이저
압살롬, 압살롬!　윌리엄 포크너
도리언 그레이의 초상　오스카 와일드
벨아　기 드 모파상
스페이드의 여왕　알렉산드르 푸슈킨
죽은 혼　니콜라이 고골
시스터 캐리　시어도어 드라이저
몬테크리스토 백작　알렉상드르 뒤마
죽음의 승리　가브리엘레 단눈치오

4. 공동선과 휴머니즘을 찾아서

행복한 왕자　오스카 와일드
주홍글자　너새니얼 호손
전쟁과 평화　레프 톨스토이
레미제라블　빅토르 위고
부활　레프 톨스토이
위대한 유산　찰스 디킨스
님의 침묵　한용운
안네의 일기　안네 프랑크
두 도시 이야기　찰스 디킨스
빌헬름 텔　프리드리히 폰 실러
마지막 잎새　오 헨리
아웃 어브 아프리카　카렌 블릭센
크리스마스 캐럴　찰스 디킨스
누구를 위하여 종은 울리나　어니스트 헤밍웨이
크리스마스 선물　오 헨리
아이반호　월터 스콧
삼총사　알렉상드르 뒤마
요셉과 그의 형제들　토마스 만
농부 마레이　표도르 도스토옙스키
민중의 적　헨릭 요한 입센
무정　이광수
상록수　심훈
정지용 시집　정지용
마음　나쓰메 소세키
도적떼　프리드리히 실러
아서 왕의 죽음　토머스 맬러리
바보 이반　레프 톨스토이

5. 아웃사이더 - 가난과 소외의 인문학

무무　이반 투르게네프
가난한 사람들　표도르 도스토옙스키
목로주점　에밀 졸라

미국의 아들　리처드 라이트
굶주림　크누트 함순
톰 아저씨의 오두막　해리엇 비처 스토
8월의 빛　윌리엄 포크너
올리버 트위스트　찰스 디킨스
지하에서 쓴 수기　표도르 도스토옙스키
모히칸족의 최후　제임스 페니모어 쿠퍼
몰 플랜더스　대니얼 디포
홍길동전　허균
임꺽정　홍명희
수호전　시내암
라쇼몬　아쿠타가와 류노스케

6. 내 안의 또 다른 나, 양면성의 인간학

파우스트　요한 볼프강 폰 괴테
황야의 이리　헤르만 헤세
지상의 양식　앙드레 지드
지킬 박사와 하이드 씨　로버트 루이스 스티븐슨
어둠의 심연　조지프 콘래드
마법의 산　토마스 만
죄와 벌　표도르 도스토옙스키
토니오 크뢰거　토마스 만
좁은 문　앙드레 지드
르 시드　피에르 코르네이유
캉디드　볼테르
빌리 버드　허먼 멜빌
로드 짐　조지프 콘래드
인간과 초인　조지 버나드 쇼
유리알 유희　헤르만 헤세
모차르트와 살리에리　푸슈킨
야성의 부름　잭 런던

7. 가족, 슬픔과 기쁨이 시작하는 곳

밤으로의 긴 여로　유진 오닐
카라마조프 집안의 형제들　표도르 도스토옙스키
고함과 분노　윌리엄 포크너
인형의 집　헨릭 입센
등대로　버지니아 울프
내 죽으며 누워 있을 때　윌리엄 포크너
유령　헨릭 입센
고리오 영감　오노레 드 발자크
느릅나무 밑의 욕망　유진 오닐
아버지와 아들　이반 투르게네프

아들과 연인 데이비드 허버트 로렌스
부덴브로크 집안의 사람들 토마스 만
플로스 강의 물방앗간 조지 엘리엇
우수부인 헤르만 주더만
심청전 작가미상
한중록 혜경궁 홍씨

8. 청춘, 흔들리고 성장하고 모험하고

어린왕자 앙투안 드 생텍쥐페리
허클베리 핀의 모험 마크 트웨인
데미안 헤르만 헤세
젊은 예술가의 초상 제임스 조이스
빌헬름 마이스터 수업시대 요한 볼프강 폰 괴테
수레바퀴 밑에서 헤르만 헤세
마지막 수업 알퐁스 도데
유년시절 레프 톨스토이
장 크리스토프 로맹 롤랑
왕자와 거지 마크 트웨인
이상한 나라의 앨리스 루이스 캐럴
톰 소여의 모험 마크 트웨인
보물섬 로버트 루이스 스티븐슨
데이비드 코퍼필드 찰스 디킨스
빨간머리 앤 루시 모드 몽고메리
80일간의 세계일주 쥘 베른
패밀러 사무엘 리처드슨
톰 존스 헨리 필딩
집 없는 아이 엑토르 말로
로빈슨 크루소 대니얼 디포

9. 현대인, 방황과 불안 속에 핀 꽃

율리시스 제임스 조이스
황무지 T.S. 엘리엇
우스운 인간의 꿈 표도르 도스토옙스키
유혹자의 일기 키에르케고르
말테의 수기 릴케
더블린 사람들 제임스 조이스
와인즈버그, 오하이오 셔우드 앤더슨
악의 꽃 샤를 피에르 보들레르
댈러웨이 부인 버지니아 울프
밤은 부드러워 F. 스콧 피츠제럴드
초조한 마음 스테판 츠바이크
상자 속의 사나이 안톤 체호프

10. 부조리한 세상에서 실존을 외치다

이방인 알베르 카뮈
시시포스의 신화 알베르 카뮈
페스트 알베르 카뮈
변신 프란츠 카프카
심판 프란츠 카프카
성 프란츠 카프카
잃어버린 시간을 찾아서 마르셀 프루스트
안개 미겔 데 우나무노
분신 표도르 도스토옙스키

11. 인간군상(群像)과 사회 풍자

돈키호테 미겔 데 세르반테스
외투 니콜라이 고골
아Q정전 루쉰
나는 고양이로소이다 나쓰메 소세키
데카메론 지오반니 보카치오
억척 어멈과 그의 자식들 베르톨트 브레히트
캔터베리 이야기 제프리 초서
걸리버 여행기 조너선 스위프트
수전노 몰리에르
구름 아리스토파네스
인간 혐오자 몰리에르
가르강튀아와 팡타그뤼엘 프랑수아 라블레
오블로모프 이반 곤차로프
검찰관 니콜라이 고골
금병매 소소생

12. 그리스 비극, 인간에 대한 최초의 탐구

오이디푸스 왕 소포클레스
안티고네 소포클레스
콜로노스의 오이디푸스 소포클레스
메데이아 에우리피데스
힙폴뤼토스 에우리피데스
오레스테이아 삼부작 아이스킬로스
결박당한 프로메테우스 아이스킬로스

13. 셰익스피어 특선

햄릿 윌리엄 셰익스피어
맥베스 윌리엄 셰익스피어
리어왕 윌리엄 셰익스피어
오셀로 윌리엄 셰익스피어

로미오와 줄리엣 윌리엄 셰익스피어
베네치아의 상인 윌리엄 셰익스피어
한여름 밤의 꿈 윌리엄 셰익스피어
폭풍우 윌리엄 셰익스피어

14. 환상문학 컬렉션
(미스터리·판타지·미래소설)

동물농장 조지 오웰
1984 조지 오웰
우리들 예브게니 자미아틴
오페라의 유령 가스통 르루
검은 고양이 에드거 앨런 포
프랑켄슈타인 메리 셸리
타임머신 허버트 조지 웰스
드라큘라 브람 스토커
금오신화 김시습
구운몽 김만중
바스커빌 가문의 개 코난 도일
나사의 회전 헨리 제임스
슬리피 할로의 전설 워싱턴 어빙
몰타의 매 대실 해밋
트리스트럼 샌디 로렌스 스턴
아라비안나이트 구전문학
거장과 마르가리타 미하일 불가코프
개의 심장 미하일 불가코프
도둑맞은 편지 에드거 앨런 포
일곱박공의 집 너새니얼 호손

15. 신과 인간 사이

신곡 단테 알리기에리
실낙원 존 밀턴
성 앙투안의 유혹 귀스타브 플로베르
고백록 아우구스티누스
천로역정 존 번연
쿠오 바디스 헨리크 시엔키에비치
기탄잘리 타고르
라마야나 구전서사시

사상·교양

1. '역사'에서 미래를 만나다

역사 헤로도토스
사기 사마천
삼국유사 일연
로마제국 쇠망사 에드워드 기번
플루타크 영웅전 플루타크
갈리아 전기 율리우스 카이사르
프랑스 혁명에 관한 고찰 에드먼드 버크
로마사 논고 니콜로 마키아벨리
상식 토마스 페인
삼국사기 김부식
자치통감 사마광
징비록 유성룡
봉건사회 마르크 블로크

2. '철학', 멋진 인생을 가꾸는 힘

차라투스트라는 이렇게 말했다 프리드리히 니체
실천이성비판 임마누엘 칸트
정신현상학 헤겔
의지와 표상으로서의 세계 쇼펜하우어
창조적 진화 앙리 베르그송
니코마코스 윤리학 아리스토텔레스
인간 자유의 본질에 관한 철학적 탐구 프리드리히 셸링
팡세 파스칼
아케이드 프로젝트 발터 벤야민
기술복제시대의 예술작품 발터 벤야민
도덕과 종교의 두 원천 앙리 베르그송
사물의 본성에 대하여 루크레티우스
순수이성비판 임마누엘 칸트
에티카 스피노자
신학정치론 스피노자
방법서설 르네 데카르트
지각현상학 메를로 퐁티
향연 플라톤
시학 아리스토텔레스
호모 루덴스 요한 하위징아
율곡전서 율곡 이이
대학 주희
중용 자사
장자 장자

도덕경 노자
도덕의 계보 프리드리히 니체
우상의 황혼 프리드리히 니체
베풂의 즐거움 세네카
인생의 짧음에 대하여 세네카
실용주의 윌리엄 제임스
유럽학문의 위기와 선험적 현상학 후설
철학의 위안 보에티우스
논리철학논고 루트비히 비트겐슈타인

3. 머스트 리드 '인문교양'

월든 헨리 데이비드 소로
인간 불평등 기원론 장 자크 루소
독일국민에게 고함 피히테
꿈의 해석 지그문트 프로이트
프랭클린 자서전 벤저민 프랭클린
훈민정음 세종대왕
난중일기 이순신
시민 불복종 헨리 데이비드 소로
에밀 장 자크 루소
침묵의 봄 레이첼 카슨
우신예찬 데시데리우스 에라스뮈스
아레오파지티카 존 밀턴
동방견문록 마르코 폴로
수상록 몽테뉴
간디 자서전 간디
인생론 레프 톨스토이
쾌락원칙을 넘어서 지그문트 프로이트
영웅숭배론 토머스 칼라일
피렌체 찬가 브루니
의무론 키케로
계원필경 최치원
동국이상국집 이규보
성호사설 이익
자산어보 정약전
택리지 이중환
의산문답 홍대용
만요슈 오토모노 야카모치
백범일지 김구
탈무드 유대교 율법서

4. 행복한 공동체 만들기, '정치·사회·경제'

권리를 위한 투쟁 루돌프 폰 예링

범죄와 형벌 체사레 베카리아
진보와 빈곤 헨리 조지
군주론 마키아벨리
목민심서 정약용
자본론 카를 마르크스
미국의 민주주의 토크빌
사회계약론 장 자크 루소
도덕감정론 애덤 스미스
법철학 게오르크 빌헬름 프리드리히 헤겔
국부론 애덤 스미스
유토피아 토머스 모어
법률 플라톤
리바이어던 토머스 홉스
폴리테이아 플라톤
통치론 존 로크
법의 정신 몽테스키외
정치경제학의 국민적 체계 프리드리히 리스트
영구평화론 이마누엘 칸트
프로테스탄티즘의 윤리와 자본주의 정신 막스 베버
유한계급론 소스타인 베블런
인구론 토머스 맬서스
자본과 이자 유진 뵘 바베르크
경제발전의 이론 조지프 슘페터
고용, 이자 및 화폐의 일반이론 케인즈
정치경제학 이론 윌리엄 스탠리 제번스
공산당 선언 카를 마르크스&프리드리히 엥겔스
자유론 존 스튜어트 밀
삼봉집 정도전
열하일기 박지원
삼민주의 쑨원
논어와 주판 시부사와 에이치

5. 아름다움을 찾다 사람을 보다, '예술'

라오콘 - 미술과 문학의 경계에 대하여 레싱
숭고와 아름다움의 이념의 기원에 대한 철학적 탐구 에드먼드 버크
인간의 미적교육에 관한 편지 프리드리히 본 실러
비극의 탄생 프리드리히 니체
이온 플라톤
예술이란 무엇인가 레프 톨스토이
예술론 요한 볼프강 폰 괴테
시경 공자
판단력 비판 임마누엘 칸트

6. 세상을 바꾼 '과학' 명저

알마게스트 프톨레마이오스
천구의 회전에 관하여 니콜라우스 코페르니쿠스
프린키피아 아이작 뉴턴
대화 갈릴레오 갈릴레이
새로운 천문학 요하네스 케플러
시데레우스 눈치우스 갈릴레오 갈릴레이
기하학 원론 유클리드
동물의 심장과 혈액의 운동에 관하여 윌리엄 하비
인간론 데카르트
방법서설·굴절광학·기상학·기하학 데카르트
새로운 아틀란티스 프랜시스 베이컨
신기관 프랜시스 베이컨
광학 아이작 뉴턴
종의 기원 찰스 다윈
특수 상대성 이론과 일반 상대성이론에 대하여 아인슈타인
동의보감 허준

7. 영원을 향해 서다, '종교'

그리스도인의 자유 마르틴 루터
안티크리스트 프리드리히 니체
죽음에 이르는 병 키에르케고르
대승기신론소 원효
고려대장경 불교경전
법구경 불교경전
꾸란 무함마드
바가바드 기타 브야사
티베트 사자의 서 파드마삼바바
숫타니파타 불교경전
우파니샤드 철학경전
종교론 슐라이어마허
신학대전 토마스 아퀴나스
예수의 생애 르낭
이성의 한계 안에서의 종교 임마누엘 칸트

아트(그림)

애도 조토 디 본도네
우르비노의 비너스 티치아노 베첼리오
모나리자 레오나르도 다 빈치

천지창조 미켈란젤로 부오나로티
프리마베라 산드로 보티첼리
아테네 학당 라파엘로 산치오
대사들 한스 홀바인
스케이트 타는 겨울 풍경과 새 덫 피테르 브뤼헬
로사리오의 축제 알브레히트 뒤러
아르놀피니 부부 얀 반 에이크
성마르코의 주검을 찾다 틴토레토
십자가의그리스도 엘 그레코
톨레도의 엘레아노르와 그녀의 아들 아뇰로 브론치노
알렉산드로스 대왕을 맞는 다라우스의 가족 파올로 베로네세
십자가를 세움 페테르 파울 루벤스
성모 마리아의 죽음 카라바조
사티로스와 농부 야코프 요르단스
시녀들 디에고 벨라스케스
수산나 젠틸레스키
아폴론과 다프네 잔로렌초베르니니
사냥 중의 찰스 1세 앤소니 반 다이크
포키온의 매장 풍경 니콜라 푸생
목수, 성 요셉 조르주 드 라 투르
타르소스에 도착한 클레오파트라 클로드 로랭
야경 렘브란트
진주귀고리를 한 소녀 요하네스 베르메르
사치를 조심하라 얀 스텐
웃는 기사 프란스 할스
키테라 섬의 순례 앙투안 와토
곰방대와 물병 샤르댕
독서하는 소녀 프라고나르
헤라클레스와 옴팔레 프랑스와 부셰
결혼 직후 윌리엄 호가스
휘멘상을 장식하는 세 여인들 조슈아 레이놀즈
프랑스 대사의 베니스 도착 카날레토
사비니의 여인들 자크 루이 다비드
호메로스 숭배 앵그르
카오스 섬의 학살 외젠 들라크루아
1808년 5월 3일 프란시스코 고야
전함 테메레르 윌리엄 터너
메두사의 뗏목 테오도르 제리코
해변의 승려 프리드리히
건초마차 존 컨스터블
뉴턴 윌리엄 블레이크
이삭줍기 장 프랑수아 밀레
오르낭의 매장 귀스타브 쿠르베
삼등열차 오노레 도미에
건초 위에서 잠든 농촌 소년 앙커

볼가 강에서 배를 끄는 인부들 일리아 레핀
대귀족부인 모로조바 바실리 수리코프
유카리스 프레더릭 레이턴
베아타 베아트릭스 단테 가브리엘 로제티
피그말리온과 조각상4부작 번 존스
라이벌 로렌스 앨머 태디머
집에 있는 어린 그리스도 존 에버렛 밀레이
피크닉(휴일) 제임스 티소
스핑크스 앞에 선 보나파르트 장 레옹 제롬
지옥의 문 오귀스트 로댕
활을 쏘는 헤라클레스 에밀 앙투안 부르델
나르니 다리 카미유 코로
목욕하는 여인들 에드가르 드가
수련 클로드 모네
피아노 치는 소녀들 르누아르
퐁투아즈의 공장 카미유 피사로
에밀 졸라의 초상 에두아르 마네
그랑드 자트 섬의 일요일 오후 조르주 쇠라
자화상 빈센트 반 고흐
나페아 파 이포이포 폴 고갱
말을 공격하는 재규어 앙리 루소
자르댕 드 파리 : 제인아브릴 로트레크
레로베에서 본 생트 빅투아르산 폴 세잔
마담 X 존 싱어 사전트
퀴클롭스 오딜롱 르동
망자의 섬 아르놀트 뵈클린
환영 귀스타브 모로
예술 혹은 애무 페르낭 크노프
밤 페르디난트 호들러
앉아 있는 악마 브루벨
회색과 검정의 편곡 No.1 제임스 휘슬러
유디트 구스타프 클림트
열린 창 피에르 보나르
뮤즈들 모리스 드니
모자를 쓴 여인 앙리 마티스
거울 앞의 창부 루오
겔마 골목의 아틀리에 라울 뒤피
병든 아이 에드바르드 뭉크
가로누운 금발의 여인 에곤 실레
모리츠부르크의 목욕하는 사람들 키르히너
가죽이 벗겨진 황소 사임 수틴
몸을 데우려는 해골들 제임스 앙소르
도시가 서다 움베르토 보치오니
젊은 여인 모딜리아니
지스몽다 알폰스 무하

사회의 기둥들 조지 그로스
숲속의 누드 페르낭 레제
세네치오 파울 클레
첫 번째 추상 수채 바실리 칸딘스키
빨강 노랑 파랑이 있는 구성 몬드리안
궁핍 캐테 콜비츠
부서진 기둥 프리다 칼로